こち歩き回り、建物の中も隅々まで上がって見て回った。

（4）

母は和裁の学校を終えると東京の鉄工会社の社長の家に女中に入ったそうである。これも親の反対を押し切っての事だと言うから、本当に甘やかされて、何不自由なく好きなように生きて来た事が窺える。それだけに明るい性格であった為か、そこの社長宅で大変可愛がられたらしい。だから、よく私達子供に、「呼ばれたら動くより先に返事をしなさい」と言っていた。母はそうして気に入られた、と言っていた。

母がこの話を私にするのは、小さい頃の私は母の手伝いを余りしなかった所から来ている。「お前は本当に『ズツナシ』だ」とよく言われた。この『ズツナシ』という言葉は、この地方の方言だと思うが、どういう意味か、由来は何なのか解らない。『怠け者』という意味かも知れない。だから後年、母と一緒に私の家で食事などした時に、食事が終わるとすぐに私が後片付けをし、さっさと食器などを洗ってしまうと、実に不思議そうに私を見ていたのを憶えている。『ズツナシ』、『頭痛無し』と考えてみると、『後生楽』に突き当る。この言葉も母がよく使っていた。『後生楽』を「岩波

文芸社セレクション

滅び逝く日本の風俗の中で

―敬愛する我が母の面影を追って―

岡田　奉彦

OKADA Tomohiko

文芸社

滅び逝く日本の風俗の中で

―敬愛する我が母の面影を追って―

（1）

日本の近代は「明治維新」から、という事になっているが、その「明治維新」が完全否定されたのが第二次世界大戦であった。日本有史以来、初めて外国の占領地になった。徳川幕府も薩摩、長州もそれが恐くて必死になって頑張った末である。一八六七年の大政奉還から七十八年後である。皮肉な事に、日本はこの敗戦を「終戦」と言ってお茶を濁していた。誰が「終戦」と命名したのかは知らないが、恐らく旧日本軍部或いはその周辺の人間であろう。そういえば、現在まだ「北方領土」返還をロシアに叫んでいるのも同じような心情から出ているのかも知れない。戦争に敗れたにも拘わらず、ロシア（旧ソ連）にポッダム宣言受諾の直前になって日本に宣戦布告は筋が通らぬ、と言って「北方四島」を返せと騒いでいるが、これも戦後日本の旧日本軍部の流れに連なる、ある政治家が提唱した。と何かの本で、昔、読んだことがある。

だが、この日本の勝手な流儀はいつ頃から始まったのだろうか？　アメリカに奇襲攻撃を掛け、中国、朝鮮占領で勝手気儘に振る舞って散々に無辜の市民を殺し、揚げ句の果てに負けたにも拘わらず、ソ連の卑怯を叫ぶのを見ていると、「何か変だな」とこの頃は以前にも増して感ずるようになった。

明治維新で日本は日本古来の文化を振り捨て、西洋に右に習えで必死にその真似をしてきた。然し、アジア太平洋戦争の敗戦で、気が付いてみれば、一般国民の風俗は江戸期から連綿と続いて来た風俗習慣で生活していた。

だが、その敗戦の結果、今度は占領軍アメリカの命令で、丸ごと日本の風俗は否定され、西欧流風俗習慣に衣替えさせられる事になった。今度は一般国民も、それを是として受け入れる事になった。それも嫌々ながらではなく喜々として受け入れている。敗戦前の日本が如何に悲惨であったか、という事である。

私は、そうした時期、即ち、一九四四年（昭和十九年）に生まれた。それ以前の日本の風俗が色濃く残っている時代から、実際、この国で現在まで、その滅び逝く日本独自の風俗の変化を母と一緒に過ごしながら見てきた。

敬愛する母の面影を追いながら、その日本社会の変化を「私」という身近な場から表現できれば、と思う。社会の変遷、風俗の変遷というものは、私や母のような名もなき人間の生き様の中にこそ、よく表現されるものである。それは表面的な変遷ではなく、実社会、実風俗の真実に迫るものである、と言えよう。

「十年ひと昔」という表現は、私達の年代の者にとっては当り前のように受け入れて来た。それが敗戦後の十年間は一年一年が時代であったのと同様、現今の日本は五年どころか三年間位が「ひと昔」になりつつある。

それ程の激変期にあって、日本の近代風俗の変遷を改めて見返してみる事は、いずれ激変が治まる時の為の心構えをしておく為にも大切ではないかと思う。常に変化する歴史の波は、広い海の波と同様、荒れ狂う気候の中の荒波と、安定した気候の時の凪の波とがある。どの波がどうかという判断は過去を知る、或いは体験する事で、ある程度判断出来る。過去を知る（歴史を知る）という事で未来を予測する事が出来るという事はそういう事である。

(2)

先に言ったように、私は昭和十九年即ち一九四四年の生まれであるが、この年は日本の敗戦の一年前であるから、私の生まれた時はきっと母も大変だったに違いない。父が兵隊に取られたのが終戦直前で、それは父の体格、特に身長が基準より低かった事によるらしい。

父の体格は大変逞しかったが、身長が兵隊の基準に満たない為「丙種合格」という事になったらしく、これで兵隊に取られないで済む、と安心していたらしい。それが敗戦間際になって兵隊の数が足りなくなり、急遽刈り出される事になった。

私が一九四四年に生まれたのは、そうした父の出征が遅かった為に幸いにして生まれたのである。それは、そろそろアメリカの無差別爆撃が始まりつつある時であった。

アメリカの無差別爆撃に依る日本国民の死者数は推計で五十万人位だと或る本に書いてあった記憶があるが定かではない。母の話では当時どこでも自宅の近くに防空壕を掘っていたそうであるが、私の家にも例の如く、その防空壕に身を潜める事が度々であったらしい。今にして考えれば、そんなものは自己満足であって、実質、何の役にも立たない。心理的な安心感だけである。

あれから七十数年、アメリカの戦争における無差別爆撃は、現代でも常套手段として使われており、直近ではアフガニスタン、イラクでも、又、シリアやレバノンなどでも実施されたが、公式声明では「誤爆」という表現で誤魔化している。そして、国際社会では欧米の情報統制により、あまり騒がない。現在起こっているロシア・ウクライナ戦争。アメリカのバイデン大統領は気が狂ったように騒いでロシアのプーチン大統領を非難し、「人権侵害」と言って西欧各国を中心に「経済制裁」というのをやっている。日本も情けない事に、遠い所でやっている戦争に仲裁にも入らず、アメリカや西欧の尻っ尾に摑まって経済制裁をやっている。日本のマスメディアも右に習えである。お陰で、その反動でロシアだけでなく制裁組のアメリカ、日本を始め関係のないアジア、アフリカ、東欧等、世界中が物価高となり、どちらが経済制裁されているのか解らない始末である。それは即ち、約百年前に使われた「経済制裁」というものを、これだけ現代政治、経済が変化しているにも拘わらず、同じような方法で、実施しているからである。裏を返せば現代世界は、アメリカの天下でも、西欧の天下でもなくなっている、という事なのである。アメリカは歴史のない新しい国だけに、工夫をする。或いは現状を正確に把握する能力に欠けているのである。本人達は、自分達が世界で一番優秀だと思っているようだが、現実はこんな簡単な現状分析すら出来る能力がない。その原因は欧米の基本的な価値基準が「力」（武力も含めて）が全て、という所に起因しているからである。

ロシア・ウクライナ戦争では、ロシアが悪いのは小さな子供でも解る。先に手を出しているのがロシアであるから。だから、大人達が考える事は、何故、ロシアがウクライナに戦争を仕掛けたのか、その原因を追究しなければならない。それが正確な判断、行動の出発点である。その原因の追究を詳しく説明するメディアは日本に限って言えば全く見当らない。アメリカが無謀なイラク戦争を始めた時、世界はどういう反応をしたのか。ウクライナ難民を大々的に救う行動を起こしている西欧各国は、ウクライナの何十倍かの難民を出しているイラクや他の国民を救う行動をどの位起こしたのか。そうでないなら、その原因は何か。これが日本のマスコミのやるべき事であり、日本政府は早くからロシアとウクライナ、及び西欧の間に割って入って仲裁すべきであった。誇るべき日本の頭脳にはその位の智恵と能力が十分に「あった」。日本政府及び日本人に欠けているのは「気力」「胆力」である。日本の現総理大臣の顔を見れば一目瞭然である。

ウクライナの素人大統領は、ここぞとばかりに役者根性丸出しにして、アメリカで日本人の神経を逆なでするような、又、他の国に行けばアメリカ人の神経、ドイツ人の神経を逆なでするような過去を引っ張り出してその国の御気嫌をとる。いずれ彼はその正体が暴露されて、諸外国から不信を買われる事になるだろう。

話がいきなり「今」になってしまったが、日本の本土に直接攻められない米軍はサイパン島などからB29の爆撃機で空から無差別爆撃を日本中にやった訳だが、現代では「ドローン」という無人機で無差別爆撃をやっている。現地に行かなければ昔も今も、空からそうした方法を取るしか方法がない。然し、現代はそれを人間ではなく、機械が直接、無辜の市民を殺すという違いがある。だから当時の米軍兵士（パイロット）に比べれば、今の米軍兵士（コンピューター・パイロット）は気楽に攻撃判断が出来る。

(3)

私は横浜の磯子という所で生まれ育ったのであるが、二歳年上の兄と三歳と五歳年下の二人の弟がいた。

母はよく私にいろいろな事を話して呉れたが、私は生まれるとすぐに母の母、即ち私の祖母が毎日来て、私を盥の湯舟に入れて洗って呉れたそうだ。そして、いつも「この子は色は黒いが目がパッチリしていて、なかなかの好男子だ」と言って気に入っていたとの事。

私の母は大正五年十月十九日の生まれで、西暦で言うと一九一六年である。名は「志津江」と言って、当時ではこのような名前は「現代的」だったとの事。大抵は、末尾は「子」と付けるのが普通であった。現代では当て字まがいの漢字を使って、然も欧米風の発音にする人達が多くなり、私などは何となく日本人が欧米並みの文化レベルに退化しているな、と感じている。

母の実家は岡田家のある町の隣町の出身で、河原と言い、どちらかと言うと学者肌で母の叔父の中には海軍少将にまでなった人もあり、この海軍少将が家に来ると町中大騒ぎであったと言う。日本の海軍は陸軍と違って学歴がモノを言う世界であったから、その母の叔父もどこかの国立大学或いは海軍系の大学の卒業生であったのかも知れない。

　私の母方の祖母は、河原家に後妻として入り、母と母の上の兄の二人を産んだ。祖母と先夫との間には私の知る限りでは男子一人だけのようで、私はよくその伯父の東京駒込の家に連れていって貰った。私の知る限りでは、駒込の伯父の所には、私の他の兄弟達は誰も行っていないように思う。その伯父は父親が早くに亡くなった為か、大変苦労をしたらしい。祖母が最初にどういう家に嫁いだかは知らないが、「東野」と言う家であった。祖母の実家は横浜の現在港南区と呼ばれている所の上永谷（かみながや）という地区にあった。どの程度の家格の家であったかは定かではないが、河原の家は、その辺りでは大家の部類であったから、当時の社会の様相からすれば、祖母の出自もそれ程低いとは思われない。然し、母は祖母については詳しい事は一切私に話はしなかった。

　この東野の伯父が祖母の長男であるかどうかの確たる事は解らないが、母はその伯父（母の種違いの兄）の所にはよく行っていたようである。その母の兄嫁である私の伯母に当たる人が、なかなか「切れ者」で、母はあまり親しくなかったようである。確かに私も子供ながらに、その伯母はいかにも賢こそうで言葉使いも明確であったような気がする。自信に満ち、母にしてみればそれが「上から目線」というように感じていたのであろう。又、その子供達、即ち私のいとこになる訳だが、皆、頭が良く女の子は東京女子大学とお茶の水、末の男の子は国立東京農工大を出ている。

祖母は後妻で入った為か、そして、母が末っ子であった為か、家族内では、先妻の長男の子供達の姉のような存在で、私のいとこ達は皆、母を「姉ちゃん、姉ちゃん」と呼んでいた。後妻の、然も末っ子となれば、先妻の長男（私の伯父）とは十五歳から二十歳ぐらいの差はあったかも知れない。その子供達（即ち私のいとこ）とは、一番上の子なら母とそれ程の年齢差はなかっただろうから、当然、「姉ちゃん」という事になる。

母は末っ子の一人娘という事もあり、又、娘時代は丁度、大正文化の真っ盛りの頃であり、所謂、西洋近代文化が日本で花盛りであった為か、かなり当時としては自由奔放に育っていたように感じられる。

一九〇五年の「日露戦争」に勝った日本は得意満面の時代であり、支那、朝鮮に侵入して上昇気流に乗っていた時代。漸く西洋近代国家に追いついた、或いは対等になったという自己満足から、政治も形の上では西欧民主主義に近づいていた「成り上がり国家」の時代であった。

母は高等小学校を卒業すると女学校に行くように言われていたにも拘わらず、あまり勉強が好きではなかったのか、和裁の学校に行き、仲の良い友達と浅草界隈の劇場などに時々行ったりして、当時の最先端の文化、都会の空気に馴じんでいたようである。横浜と言っても、私の子供の頃ですら、ちょっと歩いて行けば周囲は田んぼ、畑の多い、町中(まちなか)の道路は皆、砂利道であった時代である。現代は若い人はほとんどが、あちこち遊びに出掛けるが、当時はそんな事が出来る地方の人は、そう多くはなかったようだ。然し、遊び歩いていた、という面から見れば、母は結構お転婆娘であったように思う。学校ではバレーボールの選手であったらしく、一九六四年の東京オリンピックでは、その女子バレーボールをテレビで夢中になって見ていたような記憶がある。

母は勝ち気であったらしく、学校で友達と何かのイザコザでひと月もクラスの大方を相手に一歩も引かず、口をきかずに過ごした、という話を聞いていたから、余程の気の強さを持っていたように思う。そう言えば、何処かの占い師に観てもらったら、母は男に生まれていたら、きっと事業に成功していただろう、と言われたと、私に話してくれた事があった。そういう母であったから、母の青春時代の芸能界の事は機会がある度に、私に、あの歌手はどうだとか当時の歌などをテレビで見る度に私に語って呉れた。だから私も日本の歌曲や大正、昭和初期の歌などは結構好きである。

母の娘時代は横浜の田舎娘が東京の歌劇場などに度々行ける家など、そうあったようには思われないが、たまたま、その生まれた所がその土地の大家であり、友達もそうした裕福な家庭の子供が多かったのであろうか、そうした友達と東京に一緒に行く事は度々であったようである。

横浜に「三渓園」と言う庭園があるが、三渓園は原善三郎の孫娘の婿で、織物の貿易商原富太郎（原三渓）の創設によるが、その原三渓の世話役を母の叔母という人がやっていたらしい。三渓が結核に罹患し、その看病をしていて、結局、彼女にも移ってしまい、家に返され、若くして亡くなったと言う。まだ母が幼い時であったらしい。そんな話を聞いてかどうか解らないが、私は三渓園に行くと何となく親しみを感じていて、中学、高校の頃はしょっ中、三渓園に遊びに行った。今でこそ「三渓園」は横浜の名所の一つとして名高いが、ここには三渓が京都や鎌倉などから移築した建造物が多くあり、重要文化財として指定された建物もあったように記憶している。今では入園料など取っているが、私が中学、高校時代はまだ出入自由で、私は三渓園中あち

国語辞典」で調べると、『②何事も苦にせず、たいそうのんきなこと』と出て来る。多分、この辺ではないかと思う。

私は基本的には極めて従順で、子供の頃は父母に限らず学校の先生等にも「……でなければいけない」などと言われるとすぐに実行した。その典型的な例として思い出に残っているのは、小学校五年生か六年生の時であったろうか。担任の先生が「もう高学年なのだから、そろそろマンガなどを読むのは止めなければいけない」という話があった。私はすぐにマンガの本を読む事を止めた。そのせいか、マンガは子供か或いは大人でも子供程度の人間が読むものである、という意識が抜け切らず、どうしても馴染めない。だから現代のマンガ文化には全く興味がない。幼児から小・中学校時代位までの環境・教育というものは本当に大切で重大なものである、と強く思っている。「自分の考えを持ち始める迄」の人間の全てにおける環境については、そうした体験から必要以上に強く意識している。

幼児教育の重要性については教育界では当然の事のように認識されているが、然し、私の印象では、その割に現実には徹底されていないか、或いは認識されていないように思える。私の身の周りを見ていても幼児の養育について、身体的な配慮（健康）には親達は大変気を使っている。それは当り前なのであるが、精神面となるとかなりおざなりになっているように思える。幼い子供には心身共に均等に配慮していかなければいけないのではないかと思う。「子供を育てる」という事は、その両親が自身を育てる事と同じで、両親が子供と共に「親として」成長していかないと子供は健全には育たない。そうした自覚と努力が生まれて来る為にはその両親が子供の時に、そうした教育をしっかりと受けている事が前提である。これは学校では出来ない。その家庭の日々の生活の中で育まれるものである。即ち「家庭環境」である。だから、小さい子供の親とか小中学校の教師に対しては、内心、非常に厳しい考えを持っていて、迂闊に人前で意見を言う事は控えている。ついストレートに言ってしまいそうだから。

そこには自分自身の過去への反省も込められているのだが……。

(5)

母が娘時代、私が母から話を聞いた限りでは、かなり自分勝手に行動しているように思われるが、あの時、何故、母がそんなに自分の思う通りに行動出来たのか不思議であった。父とは七歳違いであったが、関東大震災が一九二三年九月で、母が七歳の時である。父はそれから逆算すると明治四十二年の生まれ、と言うことになる。とすると震災の時の父は十四歳という事になる。

よくよく考えてみると、父と母の七歳の差は当時の状況から、それ以上の「時代の違い」が浮き彫りになってくる。それは、関東大震災が日本の近代化の分岐点であったからである。震災は関東、特に東京とその周辺都市を「近代化」なさしめた。古い家屋は大方破壊されて、それを機に西欧型の近代建築が急速に現われる事になった。と同時に、一九〇五年の日露戦で日本が勝利して以来、明治維新からずっと貯め込んで来ていた科学技術と政治・文化が一挙に花開く事になった。東京の都市再建の中に、文化施設も含まれていたからである。母が年頃になった時は既に「宝塚劇場」の舞台は出来上がっていた。近代建築物がそこにあった筈である。と同時に、日露戦争の勝利は「近代日本人」の心に余裕を齎した。その結果「大正文化」が大きく花開く事になった。

この大正文化が定着するのは震災後の昭和の最初期であるから、丁度、母が娘の時代という事になる。だから大正文化の自由な雰囲気の中で、母もかなり自由な行動が出来たのであろう。然も末っ子の一人娘であれば尚更で、母の気性とも相俟って、かなり幸せな青春期であったのかも知れない。母の活発で明るい人柄は本人の性格もあるが、やはり、その時代が生み出したとも言える。

一方、父は震災によって工業高校を辞め、家の為に働く事を余儀なくされ、そうした大正の近代文化を十分に味わう間もなく通り過ぎて行った。だから、父と母との年の差は両者の「時代を画する」差であったと言ってもよいだろう。精神面の差は歴然たるものであった筈だ。

母が当時の歌『宵待草』などを聞いたりしている時の表情を思い返すと、いかにも懐かしそうに聞き、口ずさんでいたのが目に浮かぶ。今、思い出すと母が「大正文化」の花形達の姿を見たり聞いたりしている時の表情は、本当に愛着を感じているな、という事が伝わって来る。それは、太平洋戦争敗戦後の日本の明るい時代よりも、もっと、あの娘時代の時の明るい時代の方が母にとっては良かったのだ、という事がよく解る。

　人間というものは生まれてから死ぬ時まで、常に荷物を背負っている。子供の時は子供なりの、青春の時は青春なりの、そして成人になれば成人なりの荷物（苦労）を背負っている。だからあとで振り返って見ると、結局、自覚し始めてから余り苦労のなかった時が一番楽しく、懐かしく感じるようになる。それが母には娘時代であった、という事であろう。母が娘時代の友達と会っている時は実に楽しそうに話していた。明治の後期から昭和初期生まれの人々が今日の日本の繁栄を作り、支えた人々である事は万人が認める所であると思うが、それを忘れない、という事は現代人には尚更大切な事である。

　だから義務教育の中で、それをはっきりと教えておく事は大変重要な事である。明治維新の立て役者ばかり大切にする事は見方を誤る。それも大切であるが、明治維新の人材の流れが第二次世界大戦への非現実的な判断をして、日本をアメリカの占領地にしたのであるから、そこから再建を担った世代の人々の果した役割について、もっとしっかりと教え込まなければならない。それが戦後の日本の教育の出発点であろう。

　明治維新の人達が果した日本近代化。そして、その破綻が昭和の太平洋戦争によるアメリカの日本占領下。その占領から脱却して今日の日本を再建した人達及びその経過。そうした区分の上で各功罪を解明していく事が現在衰退しつつある日本の改善策を引き出す事になる。

（6）

話は少し戻るが、母の母（私の祖母）は二度の結婚を経験している訳であるが、私は祖母について、それ以前の事は母から何も聞いていないので、先の夫と死別か離婚かは知らない。然し、先の夫との間に生まれた私にとって伯父に当たる人は大変苦労をして今日を築いたと、子供の頃に聞いていたので、果してどちらなのであろうか？　然し、伯父は何処かの店の丁稚奉公から身を興したそうであるから、それは大変苦労したのであろう。そこから独立して自分で商売を始めて、それなりに成功をした。それはそれは本当に人当りの良い、決して相手に悪い印象を与えない人であった。私は子供心に、実に優しい人だな、と感じていた。むしろ、その妻の伯母さんは、なかなかしっかりしていたようである。誰にも頼らず、一人で商売を成し遂げたのであるから、それは並大抵のものではない。東京大学に近い本郷に店を張り、子供三人を全て大学に行かせて、それも全て当代一流の大学である。伯父も伯母も飛び抜けて頭脳優秀だったのであろう。又、育て方もしっかりしていたのであろう。一人も落ちこぼれはいなかった。

然し、そうした伯父の苦学して成し遂げた人生を観ていると、祖母はきっと、先夫と死別した後に、明治時代の事であるから、何等かの理由で、早々に嫁ぎ先から離縁されたのではないか、と推測する。子供共々、祖母の実家に引き取られたのではないかと思われる。

母は祖母の事については当然、自分の親であるし、又、祖母にとっての一人娘であったから、いろいろと以前の事について聞いていた筈である。然し、母はこの私にさえ、そうした「それ以前」の祖母の事については一切語らなかった。だが、私は母の言う「兄さんはすごく苦労をしたんだよ」とちょっと深刻そうに、何気なく言うひと言の中に、多くの深い意味があるように思えて来るのである。明治とは言え、伯父の生まれたのは恐らく明治の中期の頃だろうから、まだまだ江戸徳川の時代の名残りのある、そして明治近代化の途上にある極めて社会の不安定な時代である。更に祖母はきっと十代で嫁いで来て、十代で離縁されたのかも知れない。そう思うと、祖母の幼児を抱えての未亡人という立場の苦労は余りあるであろうと想像する。

母の実家の方は父親違いの兄が一人、そして兄と母。先妻の跡継ぎの兄には、祖母は大変神経を使っていたようで、事実、私もこの伯父はなかなか厳格な難しい人だな、と子供の頃から感じていた。母の実家は農業を営んでいたが、伯父は農家特有の抜け目無さよりも、頑固さや頭の回転の良さ、又、神経が立っていたように感じる。祖母は終生、心の安まる所がなかったのではないか、今、振り返ると、あの時代の慣習や何やら思い起こせば祖母の当時の心中が深く察せられる。母も、きっと身近にいて、そういう事を感じていたに違いない。

母と同腹の兄も大変優秀な人であったらしく、母の話では、音響メーカーのビクターに勤めて、ビクター一の高給取りであったらしい。そこで同じ会社の経理をしていた女性に言い寄られて、親の反対を押し切って結婚したそうである。何故、反対されたのかと言うと、その女性の家系が精神疾患のある家系であったとの事であった。私には伯母に当るのだが、この人は横浜のフェリス女学院という優秀なミッション・スクールの卒業であった。彼女が伯父に「すり寄って来た」（失礼）のは、伯父が会社の技術部門一の高給取りだったかららしい。彼女は経理を担当していたので、全社員の給料が解っていたらしい。その伯母の姉という人もフェリス女学院出で、この人はかなりの精神疾患があったようである。伯父は両親から交際を止められていたそうだが、伯母の方はそれにお構いなしで、休日になると必ず母の家にやって来て「河原さん」と猫なで声を出していたらしい。

伯父は何といってもビクター一の技術屋であるから、然し、技術屋特有のシャイ（恥ずかしがり屋）であったから、すっかり彼女に参ってしまい、とうとう最後には「結婚出来なければ死ぬ」とまで言って、両親も仕方なく結婚を許した。伯父はその後、日本飛行機という飛行機製造会社に移り、そこでも技術部の上の方にいたようである。然し、戦争で日本が負け、アメリカに占領されて、今後、日本で飛行機を作る事はないだろう、という予測のもと、当時の課長二十二人が相談して、半分の人達が会社を出る事になり、その時、伯父は会社を出る方に賭け、他の十人の課長と一緒に岡村製作という会社を建ち上げた。伯父はその十一人の内の唯一の技術部門の人材であったと母は言っていた。

この伯父夫婦には四人の子があり、一番上が女で下三人が男、この長女は私より四、五歳上であったろうか、母の話では兎に角、頭が良かった。私が知っているのは、このいとこが木琴の名手で、あちこちで入賞して演奏などをしていたようだ。また私が小学校五、六年生の夏頃だったろうか。珍しくそのいとこの姉さんが、突然、家に来て、私を演奏会に連れて行きたいと母に言った。丁度その時、私は海水浴に行って疲れて、母の裁縫をしている横でゴロンと横になって寝ていた。母が「行くかい？」と言うのを聞いて、「行かない」と返事をして、又、寝ていた。いとこの姉さんはそのまま黙って演奏会に行ってしまった。私はひとり寝むりして起きてからふと、「行けば良かったな」と思ったが後の祭りであった。そして、内心「断わって気を悪くしたかな」と思い、その時の印象がいつまでも心に残っていた。

この伯母の精神疾患は周囲の心配の通り、下の男の子達に現われた。勿論、表面上は全くそのような現象は見えないが、私は母から聞いていたので、何となく解るのである。その長男は私より一つ年上で、弟は私より少し歳が離れていた。だから小学校の頃はその長男とよく遊んだが、彼は頭がよく、特に父親譲りの理系の才能が高かったように思う。夏休みなどは、よく二人で昆虫取りに行ったり近くの川で魚取りなどをした。まだ小学校の二、三年生なのに昆虫や魚の事やら本当に詳しく、よく教えて呉れた。その彼が、或る時、私のノートに何気なく描いた何枚かの鳥の絵があった。クレヨンかクレパスか憶えていないが、私はそのノートを持って学校の授業の時に何気なく、先生が黒板に書いたものを書き写そうと思い開いた。先生はたまたま開いた私のノートの絵を見て「これ君が描いたの？」と聞いた。私は無口な性質だったので、恐る恐る頭を縦に振った。怒られると思いきや先生はその絵のある所を開いて、皆に見せ、上手に描いてあるね、と褒めてくれた。私は恥ずかしいやらホッとするやら複雑な気持ちであったが、当時、小学校の二年生、いとこは三年生であったが、私が見ても大変上手な絵さばきであった。彼は中学時分にはもう学校に行かず、弟も小学校を中途で行かず、末っ子は全く学校へ行かなかった。然し、三人共に非常に頭の良い賢い子で、特に末っ子は私の母も、「本当に頭のいい子だ」と褒めていた。三人共とても人柄が良く、然し、気の弱い所は三人共、同じであった。母の話では長男が生まれる時、難産だったそうで、私はその話を聞いて、三人の子供がこうなったのは、この長男の難産がきっかけではないかと、中学生の時に思った憶えがある。そして、伯母もその頃から少し様子が変になったのではないか、と思っている。外見は全く変わらないが、三人の子供が学校へ行かなくなって平気でいられる母親など、そう多くはない筈である。しかも伯父も伯母も頭脳優秀は折り紙付きである。いとこ達が子供の頃は伯父は会社を軌道に乗せるのに全精力を傾けていた時代であった。伯母はどのようにして子供達を育てたのだろうか。ここには遺伝子がかなり強く働いていたのではないだろうか。

女にはX染色体が二つあり、男は一つである。この為に男の方が遺伝上の欠点は表われ易い気がする。上の姉さんは、そうした精神疾患は全く見えず、まさに親の良い面ばかりが全面に出て、大変しっかりした有能な人であった、と母は言っていた。結婚が決まった時も、自分の家ではなく、私の家にその男性を連れて来た、と母は言っていた。

こうして見ると、結婚も敗戦後は個人の自由が大勢を占め、好き同士ならば無条件で結婚出来、うまく行かなければ簡単に離婚出来るようになったが、果して幸せになれるかどうか、むしろ「見合い」という日本の従来の方法が無難ではないか、と思う事がよくある。然し、それも、今ではお見合斡旋業のようなものまで出て来ると、昔のような責任を持って見合いなど、望むべくもなくなった。「自己責任」の世の中なのである。「自由」と「自己責任」とが結びついて、その分、国家（政府）も社会も無責任でいられる、という事である。

現代は自由、自由とうるさく、秋篠宮家の長女の結婚で賛否両論、大変騒がしかったが、私はあの結婚を堅苦しい皇室の世界から自由になれて良かったなどと、如何にも皇室の世界が旧式の日本的家庭であるかのように言う人達を見ていると、この人達は「自由」とか「伝統」又、その「家柄」とか「立場」という事にどれだけの認識を持っているのかな、と考えてしまう。然も相手の親は或る意味、法に触れるような行動を取っている、とジャーナリズムでは伝えられている。真偽は兎も角、そういう情報があちこちで伝えられる、という事自体が問題である。

私は彼の二人が婚約を発表し、その後間もなく男性側のスキャンダルが出た時には、その中味も余り知らなかったが、「何もそれ程騒いで反対しなくてもいいじゃないか」と内心思っていた。そして見た目には二人共おっとりした感じで、悪く言えばボーッとしている感じでお似合いだと思っていた。ところが、かなり後になって、たまたま男性の母親の顔をテレビニュースでチラッと見た途端、ひどい違和感を憶えた。それは、その母親の顔付きが、何か異様で、悪く言えば「犯罪者の影」のような印象が見えたからである。世間一般では母親に問題があっても、子供には関係はないと言う人も多いが、私は人間の世界はそれ程単純ではない、と思っている。血筋も環境も必ず遺伝する。これは私の体験に依っている。

今から数十年前の礼宮（今の秋篠宮）の御結婚の折、私はその相手方の姿を見て、ちょっとした違和感を憶えた事があり、ちょっと心配していた。私の母も違う表現で違和感のある事を私に言った。もともと私は現天皇の弟君である秋篠宮にも彼が子供の頃から少々違和感を持っていた。今頃になって秋篠宮御一家に対する私の心配が表面化して来た。この御家族には、きっと今後も種々の問題が表面化して来る予感を持っており、日本の皇室は非常に厳しい深刻な場面に遭遇するのではないか、と危惧している。果して皇室を支える宮内庁の人達にそれを防ぐ事は出来るのか、心配している。

自由には責任がつきものであるが、以前、イラクだったたと思うが、人道支援の活動をしていた日本人女性が現地の過激派に拉致された時、日本の当時の首相が「政府の撤退指示に背いたのだから自己責任だ」と途方もない事を言い放ち、無事帰国の費用も自己負担させた、という愚行があったが、「自由」という言葉が、「自己責任」という言葉がこれ程に愚かに使った日本の首相の見識の無さに、本当にがっかりさせられた。よく言う「世も末」とはこの事である。自由の使い分けも出来ない日本の政府には本当に残念である。

「自由」を有効に使うには使う側にそれに堪え得るだけの思考力、判断力がないと、なかなかうまく作動しない。ところが、人間はそういう面では愚かな所があり、失敗を度々重ねる。だが、そうした失敗が次の成功に結びつくのであるから、そこで重要になるのが失敗に基づく「考える力」（反省）なのである。私達が若い時に学校で学ぶ事は、この「考える力」「判断する力」を養成する為にある。学歴を就職の道具の第一番に挙げていては知性も教養も全く役には立たない。私の伯父夫婦の失敗はそこにあったのだと思う。確かに伯父は大企業の基礎を作った功労者の一人であったかも知れないが、一番大切な自分の家庭、その中でも特に大切な子供の育て方に失敗しては仕事の価値は無くなる。然し、それでも「自由」は人間にとって大切な掟ではある。

「自由」を健やかに自由に伸ばす事が、人間及び人間社会を健全に発展させる原動力である事は間違いない。

母の実家の主である伯父は、いかにも気難しい感じの、いわば「一刻者」という感じが強く、母の義理の姉に当る伯母は逆に、いかにも優しい感じの人であった。だから私の母も兄よりも義姉と気易い感じで、よく「姉さん、姉さん」と言っていたような気がする。やはり伯父は少々煙ったかったように思う。母の実家の子供達も皆、横浜の一流高校を出て、大学も国、公立。女の子も一流の大学を出ていた。然し、今、考えると母は父（岡田）の家の事はよく話して呉れたが、自分の実家や祖母（母の母）或いはその夫（私の祖父）の事については全く話して呉れなかったように思う。更に祖母の実家や、最初の祖母の夫の事についても全く話して呉れなかった所を観ると、私の母の母親は大変不遇だったのではないかと推測する。それは私の母の晩年を暗示していた。

祖母について一つだけ、私は母から聞いた話を思い出す。それは、祖母が先夫の命日にお墓参りに行く時の事であった。勿論、現在の夫には内緒で、という事であったらしい。祖母は出掛ける前に自分の鏡台の前に坐ってお化粧をしようと鏡の覆いをすっと上に揚げた。すると、そこに自分の亡き夫の姿が写っていた。びっくりして、すぐに覆いを降ろしたそうである。母は私にその話をした時は神妙な表情をしていた。私のすぐ下の弟や兄、私も少し、そのような霊感を持っているように思うが、それは、母方の祖母、又、母を通して私達にも遺伝しているように思う。特にすぐ下の弟は、その霊感が強いように思われる。何故ならば、彼はよく現場仕事をしている時、どこかで見たような現場で、考えてみたら夢に出て来た事があった、というような事を話して呉れた事があった。そして、その夢の中で見たのと同じように間違いもあったという。私も若い時は余り感じなかったが、年を重ねるにつれて「予感」のようなものを感じ「やっぱりそうだったか」と感ずる場面が何度もある。

ところで、祖母の亡き先夫との話を母から聞いて、私は祖母が前の夫を大変慕っていたんだな、とその時思った。まだ私が大学生の頃だったと思う。然し、今、改めて思い返してみると、大学生の時はその程度の感想しかなかったが、こうして母の面影を追っていると、更に深く感ずる事があり、きっと、祖母は再婚したけれど、前の夫との結婚生活が一番幸せだったのではないか、と推測される。それは、裏を返せば、今の結婚生活が、決して祖母にとって最高の幸せではなかった、という事である。再婚し、そして、そこでも夫に先に死に別れ、その後は前妻の子である義理の息子、特に気難しそうな跡継ぎに気を使いながら厄介になって、小さくなっていたのではないだろうか。義理の息子即ち、私の伯父はまだ若いから、細かい配慮に欠けていたであろうし、気難しい分、更に何やかやとうるさかったであろう事は私にも十分想像出来る。母もチラッと、祖母が義理の息子にもかなり気を使って大変だったような事を言っていたのを思い出した。人の悪口はほとんど言わない母であったから、そうしたちょっとした言葉を、私は何かの折に思い出すのである。私は性格的にはボーッとした性質（たち）なのだが、案外、ちょっとした事を憶えていて、何かの時にすっと頭の中に出て来てはいろいろな事を後で理解する、という事が多々ある。

私の母方の祖母の実家は、その他の様々な母の会話を思い出して整理してみると、母の実家程の家格、家柄ではなかったのではないかと想像する。昭和二十年代（一九四五年以降）であれば、当時の岡田や河原ぐらいの家格、家柄であれば、二代、三代前程度の親戚の家などとは必ず交流があった筈であるが、私は祖母の実家には一度も連れて行って貰った事がない。ただ近くから母に、「あの辺にお婆さんの実家があるんだよ」と言われた事が一、二度あった位である。何故、そんな近くまで行ったのか、それは、私が小学生の頃、祖母の実家の近くに「日限地蔵（ひぎりじぞう）」というのがあって、何度か母とお参りに行った事があったからである。この「日限地蔵」というのは私の家から電車で一つ横浜寄りの「上大岡」という駅まで行き、そこからバスで暫く行き、更にバス停から延々と歩いて行った先にあった。当時、上大岡駅の周辺は未開の地ぐらいしか私には思えなかった。バスに乗ってちょっとすれば、もう辺りは畑と田んぼ、林や森ばかり、バス停から大分歩くのだが、子供であるから、その道のりは果てしなく遠く感じた。

或る時、私とすぐ下の弟も一緒に行った事があったが、弟は帰りの途中でとうとう泣き出してしまったのを思い出す。まだ弟が四つ五つ頃であろうか。あのヤンチャ坊主が案外、我慢が足りないのである。私はもともと無口であったから、滅多に弱音は吐かなかった。母に「日限地蔵さんて、何か御利益があるの？」と逆に聞いた事があったが、母は「日限地蔵さんを拝むと頭が良くなるんだよ」と教えて呉れた記憶がある。大分歩いて行くと、行く手にお地蔵様のお寺の石の柵が見えて来て、ホッとしたものである。一日掛りであった。今では上大岡は疎か、日限地蔵様のお寺の周辺も、家また家である。懐かしい遠い思い出である。勿論、弟はそんな事は憶えていないと思うが。

今、地図で調べてみると、上大岡駅からかなりバスに乗り、「日限地蔵前」という所で降りて、一本道で片道千五百メートル位先にある。当時は砂利道で、弟が泣き出すのは無理もないな、と思った。

日限地蔵様は、「願い事が叶う」と言われ、所謂、「願掛け寺」であるそうだ。そう思うと、母が私や弟を連れて行ったのは子供の私達の為であると同時に、母の当時の願い事も含まれていたに違いない。子への愛情と家族や何やら、当時の母の想いは全く想像もつかないが多くの自分や自分の身近な者達への愛情から、当時としてはかなり遠いお地蔵様の所にお願いに行ったのであろう。こうした「願い事」をするには、今のように近くて便利な所よりも、ある程度苦労をして行く所の方が、何となく価値を感じる。

私の母もきっと、祖母からいろいろと家族の事や何や彼や聞かされていたと思う。特に一人娘の末っ子で、当時の祖母にとってみれば母は可愛いだけでなく、女同士の話し相手にもなったであろうし、又、気兼ねなく話せたであろう。そうした中で、母は祖母の胸の内の本音を聞かされていた筈である。母が私に自分の実家の事や祖母の実家その他、細々(こまごま)とした事をほぼ話さなかったのは、きっと、祖母から、その辛い人生を聞かされていたからに違いない。然し、母は祖母の事に限らず、愚痴や弱音は滅多に言わなかったから、元来嫌な事は口に出さなかったかも知れない。そう言えば母は人の悪口らしき事は余り言った事がないし、言ったとしてもサラリと口にするだけで、くどくどと言う事はなかった。

（7）

母は高等小学校を出てから和裁の学校に通い、その後、東京の或る鉄工会社の社長宅に女中として就職をするのだが、当時、「女中」というのは職業婦人の部類に入り、私は子供の頃、母が屈託の無い顔でそう言うのを不思議に思っていた。というのは、私が子供の頃の昭和二十年代（一九四〇年代後半）では、「女中」というと丁稚奉公的なイメージを持っていたからだが、最近『大正史講義』（筒井清忠編）という、ちくま新書を読んでいたら、「女中」というものは、当時、職業婦人の扱いで、大抵は高等小学校や女学校を卒業すると女中、女工、産婆、看護婦、小学校教員などの職に就き、結婚する迄働いたそうである。（近藤久美子）

ところで、川本三郎と言う文筆家が、新潮社の「波」という月刊の小冊子の中で『荷風の昭和』という一文を長く連載しているのだが、その中に戦後の苦しい時代の荷風を支えた相磯凌霜という人の事が書かれていた。この凌霜という人が当時、東京の新井鉄工所の社長であった新井覚太郎氏の友人兼相談役であったらしい。そんな事で新井鉄工所と荷風と凌霜が結びついていくのであるが、その新井鉄工所の社長宅に女中として就職したのが私の母志津江であった。現在、新井鉄工所は総合不動産アライプロバンスとして活躍しているという。何とも不思議な縁である。そして、後年私は新井鉄工所の当時の「お嬢さん」と母が呼んでいた人に、母の紹介でお琴を習いに行く事になった。

私は荷風の作品は読んでいないが、川本三郎氏の『荷風の昭和』を読んでいると、荷風の作品よりも川本氏の『荷風の昭和』の方がずっと興味があり面白く、又、これを読まないと荷風の著作など、いきなり読んでも面白くもないのではないか、理解出来ないのではないか、と思っている。

母の独身時代、父の独身時代。これは年齢にして七歳違いではあるが、時代、文化はそれ程違わないと思うが、その環境は大違いであり、その当時の環境の違いは、その時代への生活観の違い、意識の違いをまざまざと見せつけているように思う。

父は祖父の作った負債の返済に追われ、恐らく、そうした「大正デモクラシー」に依る文化を享受する暇も無く、家の生活再建に目一杯だったのではないだろうか。片や母はその反対に「大正デモクラシー」の庶民文化を肌で感じ、その中で、かなり自分の意志を通して、その文化を満喫していったように思う。然し、それは又、当時の男女の立場の違いによる所も大であった。

私が子供の頃は母は時々、青春時代の友達の所へ遊びに行ったり、又、先方からも訪ねて来たりして、楽しそうに話していたのを憶えている。それも、私達が小学校位までであったが、子供の私が見ていてもなかなか頭の切れそうな、しっかりした話し振りで、何となく上品な、育ちの良さを感じさせる人達であったように思った。時々、母と一緒に私も遊びに行ったりしたように思う。母の実家の元屋敷の近くであった。私が知っている母の実家は、元屋敷があった所よりもずっと、私の家に近い所で、私が通っていた屏風浦小学校の近くで、日当りの良い、住み心地の良い所であった。元屋敷は、私が物心付く頃にはもう無く、私は全く知らないが場所は杉田小学校という、当時の屏風浦小学校（分校）の本校で、大きな小学校のすぐ裏であったように思う。ただ、その脇に小川が流れていたので、母は川があるせいか湿気が多くて住みにくかった、と言っていた。そういえば、後年、実家のいとこが横浜市大病院を辞めて、その元屋敷跡に診療所を開業した。こうして書いている間に、記憶が次々に甦って来た。今はその診療所はいとこの息子が引き継いでいる。

母の親友の一人は「自転車屋のミッちゃん」とか言う人で、独身で、今思い返すと、そこら辺の男では満足出来ないような、何処か近づき難いような、或いは独身だから余計にそういう雰囲気を持っていたように思う。母よりも大分早くに亡くなったように記憶している。青春時代はこの人といつも宝塚や日劇に通っていたのかも知れない。

父と母がいつ結婚したかは解らないが、私と兄が二歳違いであるから、昭和十六、七年の頃であろう。丁度、日米開戦直前であると思う。既に世相は諸戦に勝って沸き立つ反面、生活はかなり厳しく、不自由になりつつある頃である。父も徴兵検査で「丙種合格」となった頃かも知れない。「これなら兵隊に取られない」と安心していた、と母は言っていた。それだけに、敗戦間際に「赤紙」が来た時はかなりショックだったようである。

母は結婚してから様相が一変する。当時は皆そうであったのかも知れない。特に、その家が本家筋に当る家へ嫁に来た場合は、余計にそうである。今の時代でも結婚すれば独身時代とは様相は異なるが、変わる中味は全然違う。当時は、まだまだ儒教、仏教、神道の慣習が大筋を占めていたから、江戸徳川とそれ程変わっているとは思われない。東京周辺は時代の先端であるから、かなり儒教的色彩は薄くなっていたかも知れないが、日本の当時の状況から想像するに、却って徳川時代の悪い面に逆戻りしていたように思われる。

勿論、儒教、仏教、神道の混在思想が悪い訳ではない。誤解してはいけないが、封建制度と儒教思想が結びついて、悪い面、或いは当時の社会統治に都合の良い部分だけ強調されて、儒教は支那、朝鮮、日本或いは周辺に定着して来たに過ぎない。どんな思想、宗教も時代の変化によって変化していかなければならない。良い面を残し、時代に合わない部分は捨てる。こうした繰り返しによって、思想、宗教、社会も変化し、進歩し、発展してゆくものである。時には以前に戻る場合もあるだろう。然し、以前に戻ったからと言って、それが退化とは言えない。西欧ではダーウィンの進化論以来、何事も進化、進化と言ってうるさいが、一体何を以て「進化」と言うのか。今、進化論の最先端を行っているアメリカのカール・ジンマーに言わせれば、「適応は進化である」と規定している。私は「適応は変化」だと思っているので、その「変化」の中に進化、停滞、退化の全てが包み込まれていると思っている。

日本の一般の家庭では大体、仏壇と神棚があった。現在はそうでもないが、私の子供の頃はほとんどの家庭にあった。私の家も欅造りの仏壇と、幅一・八メートル（六尺）程で厚さが五センチメートル程の神棚があり、曇りガラスの開き戸の付いた立派なもので、母は毎日、仏壇に水やお供え物をし、そして線香を焚いていた。時々、私達に持って行かせ、私などもよく仏壇にお供えをして線香を焚き、手を合わせたものである。

母は結婚と同時に、我が家の苦労と日本の苦労を背負う事になった。戦後、どの為政者が言ったのかは知らないが、「一億総懺悔」と言って戦争の責任を一般国民に押し付けた不届者がいたが、日本国民はそれを素直に受け入れて、一生懸命に戦後復興に取り組んだ。私の両親も、特に母は独身時代の楽しい日々から、そうした無責任な為政者の呼び掛けに応じて父と共に、家の苦労を背負って働いて来た。そのお陰で日本は生き返った。全て、日本人の「和」の精神のお陰である。聖徳太子が説いた「和」というものは、日本人の精神構造の中に深く根を降ろし、それが為に外国に対しても、余りイザコザを起こす事が少ない。例えば、敗戦間際のアメリカ軍の日本全土への無差別爆撃に依って日本中が破壊され、家屋や一般の国民の生命が大量に被害に遭い、大量の孤児も発生したが、私は子供の頃、そうした事でアメリカに対し、殊更強く恨み言のような事など言っているのを、身近では余り聞いた事がない。被害の大変さは聞いているが、アメリカへの恨み言は、それ程聞いた事が無い。然し、勉強してみると、無差別爆撃だけではない、占領時の米軍人の横暴もかなりひどいものである事が解って来た。そうした様々な問題の最たるものが広島・長崎への原子爆弾の投下である。然し、日本人の心の底には「和」の精神が根付いているので、他の国の国民よりも穏やかである。「和の精神」というものは人に品格を与える。これは日本人が世界中の民族に誇れる最高の長所ではないだろうか。「和」は品格と良識を与える。然し、一方、日本人は自分達が敗戦によって、いかに苦労をしたかを語る反面、対中国、朝鮮を始め東南アジアでの日本軍の加害については余り関心を持たない。これは、歴代日本の政府が意識的に日本軍の残虐行為を報道させない、という事にも作用されている面があるが、もう少し詳しく一般国民に、その実体を知らせても良いように思う。だが、日本軍の残虐行為は、日本人が騒ぐ程、他国の軍隊に比べてひどい訳ではない。欧米の軍隊の戦争時の残虐行為の中味をよく知れば、日本人の想像を絶するものがある。だが、それで日本軍の行為が許される訳ではない。日本人は日本人独自の判断に基づいて、自国軍隊の行動を裁かなければならない。そうする事に依って日本人の品性、品格はもっと高められるのではないか、と思う。

そうした戦時被害について、私の母も、それ程多くは話さなかったように思う。決して戦争時、楽をしていた訳ではないと思うが、余り当時の大変さは話さない。と言うよりも大袈裟な言い方はしなかった、と言う方が当っているかも知れない。それでも、敗戦間際の米軍の無差別爆撃は相当に恐ろしかったらしく、「空襲警報のサイレンが鳴ると、家の脇の防空壕に、皆で急いで隠れたよ」とか「ここは周りが山で前が海だから、案外アメリカ軍は解りにくかったかも知れないねえ。横浜の方はすごかったから」などと言って、私などもそういう話を真剣に聞いていた。作家の永井荷風などの話を川本三郎氏の著作を通じて読むと、本当に大変だったようである。東京に限らず地方の方まで逃げて行っても、米軍の空襲に遭い、かなりの難儀をしたようである。母が「なにしろ屏風浦と言うくらいだから、周りの山が屏風のように隠してくれるんだよ」と聞いて、そういうものかと納得していた。然し、大人になってみれば、空から見れば山も海も余り関係のない事が解り、それでも子供の頃のそうした話は、なかなか私の心の中で否定できないものとして残っている。そして、「案外、アメリカ人は賢くないからそうかも知れない」などと勝手に自分を納得させている。

父は勿論の事、母も余り戦争中の苦労について深刻に語る事は少なかったが、私などもそうした遺伝子があるせいか、余り自分の苦労や困難について、自分の子供達に語る事はほぼない。人によっては、いかに大変だったかを詳しく大袈裟に話す人もいるが、どうも我が家では、そうした習性には乏しいように見える。だから戦争中の生活がどの程度のものであったのかは窺う余地もないが、それでも、ちょっとした話の中から、私は敏感に自分なりに感じ取ってはいた。空襲の体験は誰もが言うように、母も「Ｂ29が一杯飛んで来て」とよく言っていた。私はそれを頭の中で描いて実感するのであった。

こうして母の思い出を書いていると、何故、母が折りに触れて家の事を話して呉れた中で、自分の実家の事や自分の父母、又、その一族の様子をほとんど話して聞かせて呉れなかったのか、疑問が次第に大きくなって行く。そうすると、自然と私自身も母方の過去について、ほとんど関心が無くなってしまうのである。と言う事は、母の出自の周辺については、一から自分で調べなければならない事になり、これは又、大変な作業である。今までここで書いてきた事も、私は大分苦労をして、母が話して呉れた事を頭の中で整理し、つなぎ合わせてまとめたつもりである。母が自分の方の家族について余り話さなかった事は、私の立場からすれば、当然、母の母即ち私の祖母が、かなり苦労をしていたのであろう、という事を想像させ、祖母の最初の夫への愛情の強さ、又、当然、母は祖母の末の一人娘であったから、他人には話せぬ祖母の心情を十分に聞かせられていたと思う。それは母自身の考え方にも影響を及ぼし、余り自分の周りの事については話したくない、或いは良い印象を持っていない、という事になる。母が語る大半は父（岡田）の家の事に関する事で、お陰で私は父方の一族、先祖の事は一から調べなくとも、かなり、母から伝授されているのである。私はそれを自分の眼で確かめるだけで済む。或る意味、それは母が父の家で身を埋める覚悟が最初から出来ていた事に他ならない。いろいろと思いを馳せると何か自分の心が締め付けられるようで、然し、それは私の勝手な解釈に過ぎないかも知れない。

それにしても、祖母は自分自身の人生の経験をもとに、母にはきっと、嫁いだら、岡田の家に身を埋める覚悟がいるように言ったに違いない。どんな苦労や困難があろうとも、それに耐えて岡田家で身を埋めるように、それは祖母自身の苦難を娘に同様の経験をさせてはいけない、という親心であろうと思う。そして、父は、母にとって結婚という現実生活においては十分に耐えられるものであった、と思う。むしろ、私は父の方が少しく母に不満があったのでは、と感ずる所がある。勿論、そんなに重大な問題になる程ではないが、母の父に対する不満よりも、父の母に対する不満の方が大きかったのでは、と想像する。と言っても世間で大袈裟に言うようなものでもない程度であるが。

私が母の一族に関して記憶に残っているのは、祖母の最初の夫の事も含めて、皆、極めて頭脳優秀で、それぞれの世界で、その能力を発揮していた、という事である。母の兄弟だけで見ても、私が現実に感じている事は、その中で母が一番頭脳優秀ではなかった、という事である。普通の目で見れば母は決して頭は悪くないが、母の兄弟の中では一番、学校の成績は劣っていたように思える。そうでなければ、母の、私を含めて四人の子供達が母の他の兄弟達の子供達全員よりも学業が劣っていた現実は納得がいかない。勿論、我が家の経済的苦境という条件はあるかも知れないが。私の体験ではそれ以上に私達兄弟は皆余り学校の勉強は優秀ではなかった。

然し、人間社会というものは本当に良く出来ていて、必ずしも学業優秀だけでは、うまく行かないようになっている。社会が進んで行くと、逆にその学業をどう生活に生かすか、という応用編が大変重要になって来るのである。それは、一個人の人間の総力戦と言っても良いだろう。その社会が進化していればいる程に学業をベースにした「総合的人間力」が中心となって来る。又、それは学業だけでは人間は生きて行けない事を意味する。だから現在の韓国や中国のように、行き過ぎた学歴偏重は、個々の人間と社会の両方の発展及び能力を歪めてしまう危険性がある。

母が父と結婚したのは、当時では晩婚と言われる年代であったらしい。恐らく二十五、六歳の頃であったろう。父も地元の大家とは言え、傾きかけていた家であったから、なかなか嫁の相手が無く、母と結婚した時は三十二、三歳の頃であったようである。丁度、戦争中でもあり、結婚と同時に、その苦労を共に背負っていく事になったが、特に母にとっては独身時代とは全く勝手の違った環境であったと想像する。

然し、きっと祖母から、祖母自身の体験から、女としてどう生きるべきかを聞かされていた筈であるから、それなりの覚悟を持って父の所に来たのであろう。そして、この家（岡田）の為に、父と共に粉骨砕身、尽くす事になった。

その母が、死ぬ迄の僅か二、三年の最晩年を私の一番下の弟夫婦の酷い仕打ちの内に、この世を去ったのは、その後の私をずっと、恐らく死ぬ迄苦しめる事になった。それは、「慙愧に堪えない」とか「後悔してもし切れない」などと言う生易しい言葉では言い表わせない深い深い悲しみと、弟夫婦を恨むよりも、自分自身を恨む気持ちの方が何倍も強く、母にどのようにお詫びをしたらよいのか解らない。

父にせよ母にせよ、私が両親に合わせる顔は、母の死に様を受けて、全く無くなってしまった。もし黄泉の国が在るならば、私の魂は両親には会えない。遥か遠くから両親を拝顔する事しか出来ない。

弟夫婦の母への仕打ちは、長い歴史を誇る岡田家では、特に解っているこの百数十年の歴史の中では、最も恥ずべき、人の道に外れた行為であり、それに対して、私が母の意を汲んで、すぐに行動を起こさなかった事、この事が現在の私が日々悩み苦しんでいる事なのである。

結婚した母は早々に迫り来るアメリカ軍の無差別爆撃の前に、新婚気分などというものは、ほんの束の間の事であったに違いない。恐らく、戦争の事よりも、見知らぬ岡田家の人々と、どう、折り合いをつけていくのか、という事の方がより身近の重大事であったであろう。日常の仕来りの違いは歴然としていたであろうし、そして、漸く少し慣れて来た頃に無差別爆撃が始まったのである。そう考えれば、母は独身に別れを告げてから、私達が成人して働く迄の数十年を息つく暇も無く過ごして来たのであろう。当時の多くの人々がそうであったと思うが、母に言わせれば、「ただ無我夢中で生きて来た」と言う事になる。

その母に「恋愛」というようなものは無縁であったように思われる。きっと母は目の前の事に集中して、そうした事には余り目が向いていなかったように思う。私には母の血が流れているので、私も目の前に問題があると、それを解決する事に集中してしまう所があり、仕事であればその仕事に没頭してしまう。きっと母も同様で、学校を卒業して和裁学校に通えば、その習得に熱中し、社会に出れば、その中の仕事に熱中して他に興味を示さない、という事だったと思う。所謂、一点集中主義である。だから、大抵は人よりも早く上達する可能性が高かった。母が勤め先の女中という仕事でも、社長一家から大変気に入られたというのも頷ける。そう考えると、父も母も生粋の労働者であり、その子供である私達も、そうした傾向が強く、学業よりも実業面での能力は高かったように思う。

人間の向き、不向きというものは、案外、そんなものかも知れない。そして、その学業にも科目によって向き、不向きがあり、細かく見てみれば、「学業」と一括りにしてはいけないように思える。だが、私にはいつも「学業不振」の劣等感が付き纏う。これは一生消えないと思う。原因を探れば、私の両親は共に学業優秀であった。私の知る限り、一族の者達も大方、私より学業優秀であった、という事実が私の頭の中から離れないからであろうと思う。だから、私の負けん気の性格から、口には出さず、ただ黙々と終始努力を積み重ねる、という習慣が身に付いている。劣等感が私の努力の原動力である。これは父よりも母の方の遺伝が強いように思う。負けず嫌いな母の性格と忍耐と努力の固まりのような父の性格が、私の体の中にしっかりと受け継がれている。そして、もう一つ両親に感謝する遺伝的性格は、人を騙したり嘘をつかない、という事である。そして、人の言う事を素直に聞く、という事も私は両親に感謝している。

人である以上、嘘をつく、騙す、盗みをする、といった些細な事は百人中百人がやっているか、この経験がある筈である。問題は、人から、或いは周囲から、嘘つきだとか、盗みぐせがあるとか、よく人を騙すなどと言われるかどうかである。そう言われるのは、そうした行為が通常許されている範囲を越えている時に言われる。反面、その曖昧な所が問題を引き起こす事になるのだが……。

最も古い宗教と言われているゾロアストラ教（ゾロアスター教）やバラモン教（ヒンズー教）、仏教などでは「嘘」を最も罪深い事とされている。これは私も同様の考えで、「うそ」が人間関係を悪くさせ、最悪の場合には、人殺し、戦争へと発展して行くのである。現代の典型的な例で言えば、アメリカ、ブッシュジュニアの「イラク戦争」などは嘘の事実を理由に戦争を始め、結局、数十万、数百万の無辜の人々が命を奪われ、国土を荒廃させる破目になっている。

このように「うそ」というのは人類紛争の起源と言っても差し支えないだろう。

日本を例にとれば、日中戦争の発端も日本の「うそ」の理由を元に始められ、アメリカとの戦争はアメリカを騙した奇襲攻撃から始まっている。だから、私は嘘には敏感で、却って正直に失敗でも何でも言って呉れれば、余り相手を責めるような事はしない。嘘の情報は判断を誤るからである。

母が結婚して、この岡田家に来た頃の日本は、丁度、日本の封建的家族社会のマイナス面が強い時であった。日本は振り返ってみれば、徳川幕府末期の時代よりも、又、明治・大正時代よりも昭和になってから二十年頃までの方が生活面文化面では百年位は戻ったように見える。勿論、私が種々の近代の本を読んだ限りの推測であるが。

よく考えてみれば、明治維新以来、「近代化」というのが我々の当り前の認識のように考えられているが、もっとよく見ると、昭和初期、漸く花開いた所謂、「大正デモクラシー」の反動が始まり、社会統制は厳しくなって来た時代であり、更に、生活面でも戦争の連続で物資の窮乏は日に日に強まった時代でもあった。

そうなれば、形の上では封建制は無くなっていても、現実はそれに替わった「統制」という名前を付けた、かつての封建社会的風俗で、全ての事が縛られ、通常よりも度を越した強制に近い状況になっていた筈である。

母は結婚する事によって、いっ気にそうした社会状況、家族状況に投げ込まれたのではないかと思う。

父も母も戦争の悲惨さについてはほとんど話した事はなかった。横浜大空襲の日のほんの僅かな事しか聞いた事がない。母は空襲で家の脇の防空壕に入った事、B29から落とされた焼夷弾の事。父から戦争の話は一度も聞かない。然し、或る時、私が小学生の時であったか、男の人が数人見えて、何の用事で来たかは知らないが、話をしている中で、一人の男の人が父に、「あの時は上司の命令で殴るしか無かったんだよなあ、謝るよ」と言うのが耳に入った。父は少し俯いて、相手の顔を見ずに軽く頷いていた。私には、その時、その部分だけが私の耳に鮮明に入って来た。丁度、父の後ろを歩いていた時だった。子供心に、「戦争の話だな」と直感したが、内心、「お父さんも殴られたんだ」と思い、娯楽映画で見たシーンが本当にあったのだ、と思った。

いずれにせよ、私達の子供の頃は敗戦によって、そんな過去の事よりも現実の日々の生活の再建に必死で、ただ、その日その日の命を繋ぐ事が出来れば良かった時代であった。

さて、私が母を通じて、母のポツンポツンと語る独身時代、私の生まれる以前、生まれてから記憶が残る迄の事はこの程度しか解らない。母の途切れ途切れの話と、当時の歴史研究家の本などを読んで、私なりの母の独身時代を想像してみた。

昭和二十年（一九四五年）以前の日本の家父長制社会構造は、敗戦後、アメリカ軍の占領に依って、一瞬のうちに破壊されてしまったが、私は日本の旧制度について、その長所短所をもう一度見直して次世代の役に立てるべきだと思っている。敗戦後、既に八十年近くが過ぎ、その間、欧米流のキリスト教を基盤とした文化、文明が定着している日本であるが、その中にあっても日本は伝統的な生活習慣はそれなりに残っている。私の勉強した限りの中では、日本民族が世界でも最上位の優秀な民族に成長し、それを保っている源は、この独自の伝統文化、社会があった為である。それが西欧流の文化、文明に侵食されて、徐々に低下しているように見受けられる。他の文明、文化を賢く摂取すれば、更に日本は発展する筈であるが、現在のように呑み込まれてしまっていては、その逆となる。

母が結婚して岡田家に身に置いた頃、この家には父と父の両親、及び兄弟二人の五人がいた。家族としては、その他に父には若くして亡くなった兄、妹、そして独立した兄、姉、妹がいた。

亡くなった兄という人は大変優秀な人で、十代で役場の書記を務めていたそうである。又、もう一人の妹は女学校を出てすぐに結核に罹り、二年位して亡くなったそうである。この人の写真が一枚だけ残って居り、或る時、母が仏壇の引き出しから取り出して私に見せて呉れた。キリッと引き締まった表情が印象的で、如何にも上流社会の令嬢、といった風情であり、近づき難い印象を私は持った。この妹の死は父にとって非常に残念だったらしく、母はそう言っていた。父が期待していた自慢の妹であったようである。

私の想像であるが、もし、亡くなった父の兄が存命であれば、父は岡田家の跡継ぎにはなっていなかったのではないかと思う。勿論優秀だった、と言うだけで果して跡を継ぐだけの胆力や忍耐力があったかどうかは定かではないが……。ただ、私の見る限り、存命だった父の弟（私の叔父）も確かに有能であったが、家の跡取りになるには何かが欠けていた感じがするので、余り想像を逞しくするのは良くないかも知れない。

今の時代、「跡取り」などと言う言葉はほとんど聞かれないが、これも又、西洋文化、アメリカ流キリスト教風俗の影響かも知れない。だが、「跡取り」というのは日本のように長い大家族、一族中心の社会にとっては極めて重要な言葉で、長い歴史を持つ伝統文化、社会というものは、それが、その国、地域を何百年、何千年と構成して来たものであるから、それを否定、破壊する事は、その国、その社会を混乱に陥れる。例えば、イギリスからキリスト教的風土を否定したり、フランス、ドイツ、イタリア、スペインからキリスト教社会から変えようとしたらどうなるか、と考えれば解り易いだろう。

だが、それを十九世紀から二十世紀にかけて、帝国主義時代に、イギリス、フランスを始め、アメリカなどが世界中で実行して、現在の世界的混乱を引き起こしている。人間は、或る意味、愚かであるからなかなか過去から学ばない。それは「人間の歴史」とは種族の興亡の歴史でもあるからである。だからこそ、歴史は好き嫌いにかかわらず勉強しなければならない分野なのである。

ところで、この「跡取り」という言葉は従来、家父長社会で考えられていた儒教的な考えの他に、現代ではその中に跡取りに足る「度量」という意味も含まれて来る。単に「跡取り」と言うだけでは立ち行かなくなっているのが現代である。では過去の遺物か、と言うとそうではなく、これからの時代、逆に大変重要になって来る。従来、「跡取り」とは、その家族、或いは一族を纏め、引っ張って行く、という役割が強かった。現代は、一家族の中だけで考えられている。然し、もう一度、日本の伝統的社会を見直し、「大家族の中での跡取り」という考えを再認識し、この核家族化した、西欧流の家族社会を見つめ直し、日本を世界の中で一流の文化社会に築き上げた本来の、そして独自の支え合う社会を固め直すべきだと思う。そうすることによって、IT社会化した、そして人間性を疎外し、科学技術中心的な現代の息苦しく余裕の無い社会的雰囲気、又、自己最優先的考えが和らぐのではないかと思う。

そうなると「跡取り」の概念も、家族、一族を纏め、助け合う関係を作り上げる為の能力が必要である、という事になり、それにふさわしい人物となるべく、自覚と努力が必要となって来る。すなわち、人格形成の向上が条件となる。これが、その人を押し上げ、結果的に一家、一族がより安泰となる、という内容を孕んで来るのである。

私は、今日の日本の社会の状況が、西欧流自由、民主主義社会風俗に振り回され、それに依って千数百年も保って来た日本的伝統社会、文化が、僅か百五十年のうちに社会的な不具合を生じさせ、日本の、世界でも珍しい独自の先進的優秀性が損なわれつつあるように思えてならない。


母が結婚して私達が生まれ、少なくとも記憶が残る事が出来る迄、約五年位の間の両親の生活は全く知らない。それでも、父が兵隊に取られ、兄と乳飲み児の私の二人を残された時が一番不安であったろう事は十分に想像出来る。そう考えると戦争は多くの人々の人生を一度に不幸に変えてしまう、という点で最悪である。

そうした記憶の中で、聞き覚えている事は、父とその弟（私の叔父）との確執である。この叔父は役所勤めをしていたが、食事にうるさく、母は毎日、父と叔父の弁当を作るのだが、その弁当が不味いと言って、しょっ中文句を言われた、との事。ひどい時には弁当箱を叩きつけるようにして、「こんな不味いもの喰えるか」と言われた事が度々あったそうである。私も後年、母が料理が余り上手でない事は解ったが、子供のうちは、母の料理以外に食べた事がないから、「まずい」などと思った事はない。然し、私のすぐ下の弟は口がうるさかったのか、中学生位になった時は、母の料理が口に合わないと、自分で作って食べる事が度々あった。母はそれを非常に嫌って、よく弟の事を「口のうるさい子だ」と言っていた。

独身時代、母は「大正デモクラシー」の中で、結構、その日本の初期近代民主主義を味わっていたように思うが、結婚してガラリと変わり全てが封建的社会に投げ込まれたのではないだろうか。そして、三、四年のうちに敗戦。アメリカの占領地となり、いっ気にアメリカ式自由民主主義の世界に投げ込まれた。恐らく気持ちの上では何がなんだかサッパリ解らないまま、「戦後」が始まったと思う。

こうした中で、戦争中生まれの兄と私。戦後生まれの弟二人が、我が父母の家族として構成された。父は兄や私には、下の二人の弟の時よりも厳格な躾を施したように思う。それは戦前の生活習慣が色濃く残っている時期であり、丁度その頃の私達が、物心が芽生えて来る時期であった。下の二人の弟が物心付く頃は、日本はアメリカ式自由が、かなりの程度浸透して来ていた時期で、それでも弟二人の間の時代の変化には微妙な違いがあった。然し、この時期は、どの家庭でも家庭建設即ち、生きる為に必死の時期であり、きちんとした幼児教育などしている余裕などなかった時期であった。だから、振り返ってみれば、兄と私、二人の弟との間には目に見えない断絶があったように思える。兄や私に対しては家の中での礼儀などは、かなりきちんと言われたように思う。

もう一つ、母がよく口にしていた事は、戦後間もない頃、食べる物がなく、裏の畑に昼間植えて肥やし（人糞）を撒いたイモを、その日の夜中に行って掘り起こし、洗って食べた、と言う事を何度も聞いた。三男が生まれた時の事だったそうだ。あの時は本当に食べ物が無かったんだな、と胸が痛んだ。嫁の立場で、まだ若い頃だから父にも言えず、一人でそうやって乗り越えて来たのかと思うと頭が下がる。

戦後の間のない時だから、私の家は比較的広かったせいか、奥の部屋に名前は憶えていないが、ある御夫婦だったか単身者だったかは聞いていないが、居候をしていたそうである。或る時、まだ私が「おむつ」をしていた頃の話だが、たまたま「おむつ」をしていない間に、その奥の部屋に行き、いきなり「ウンコ」をして、然も、その「ウンコ」を手で摑んで火鉢の中に放り投げたそうである。居候の方は怒るし、母は一生懸命謝ったとの事。「お前は小さい時は本当に、少しもじっとしていなかったから、ちょっと目を離した隙にいなくなっちゃって、あちこち捜しに行ったら、四つん這いのままで外で出て、駅の方まで行っちゃって」とよく私に話をして呉れた。それを聞いている私は、赤ん坊の時、そんなに活発だったとは自分でも想像がつかなかった。私の家から駅近くといえば四、五十メートルはある。

そう言えば、私の両親が、いっときアイスキャンデー屋をやっていた時の店員さんだった人が、後年、私の事を「奉ちゃんは風の子のようだったよ。今、そこにいたかと思ったらすっと姿を消し、気がついたら、又、そこに座っていた、なんて事がよくあったよ」などと話して呉れた事があった。この話はかなり強く私の記憶に残っていて、いろいろ思い返してみると、名残が今でもある。それは、何かをする、と言う事になると、すぐに立ち上がって行動に移す事。これは少年、青年、壮年期を通して一貫している。今でも何かやろうとする時はサッと行動に移す「風の爺さん」である。ああだこうだと言う前に行動に移してしまうのは、やはり、生まれ付きかも知れない。「駅の話」と「ウンコの話」は、私が大学に通う頃まで、よく母が私に語って呉れた思い出深い話である。

私の記憶の最初は、四、五歳頃、幼稚園に行き始めた時からである。母は「お前は幼稚園に行くのを嫌がって、よく垣根に摑まって泣いていたよ」と言っていたが、私も一度だけ、そうした光景を憶えている。幼稚園に行っても、皆が遊んでいるのを、ブランコの横に立って見ていたのを憶えている。兎に角、無口で引っ込み思案の子であった。幼稚園の遠足の時、私が出掛けるのが遅く、私の周りで母が何か忙しそうにしている時、幼稚園の先生が二人、私を迎えに来た事を憶えている。幼稚園は近くの浅間神社の麓の空地に作られたのだが、私の祖父が一番の寄附者だった為に、神主さんからどうしても誰か一人、子供を出して呉れ、という事になり、私が幼稚園に行かされる事になったらしい。母は「お前の揃いの制服が買えなくて」と言っていたが、当時では、祖父にそんな事は言える訳もないだろうから、父と相談して工面をしたのであろう。私も制服については、僅かに憶えているが、確か薄い茶色で、勿論、どのような服かは憶えていないし、それを着て、嬉しそうにしたのかも解らない。母は金の工面に苦労した事以外、他の事は話して呉れなかったように思う。私が小学校の三、四年生位までの時が一番苦しい時であったのではないかと思う。特に祖父の存命中の時、即ち、私の一、二年生位の時迄が、一番大変だったように、母の話から推測される。

結婚は現実生活である。大抵の人達は、この結婚から始まる人生で、今迄の生き様が試され、又、この生活で自己を磨き、その仕方によって大きく変わって行く。多くの荷物を少しずつ背中に増やしつつ、それに堪え、又試されながら、その一つ一つを解決しつつ、思案しつつ先へ進んで行く。絶ゆまざる忍耐と努力、工夫、そして勉強を心掛けて行かなければ希望は摑めない。そして、そうしたからと言って、必ずしも自分の願いが達成される訳でもない。不安を抱きつつ、不確かな希望を確実にする為に生きている。自覚しようがしまいが、社会的に、より高い価値ある人間となる為に生きている。

結婚で始まる現実生活は具体的な経験の積み重ねである。この経験が人間を成長させるものである。私の両親も、そのようにして、現実の生活を営み、家族を養い、子供を育てて来た。先祖を敬い、近くは親を敬う心と行動がなければ、自分も、自分の子供達も、より良く成長する事はあり得ない。そして、だからと言って自分が幸せになる保証もない。保証がないからと言って自堕落であっていい訳でもない。禅問答のような言い方になってしまったが、そうした中で、自分なりに納得していれば良いのではないだろうか。

幼児期の私はかなりの暴れん坊だったらしく、又、少しもじっとしていなかったようで、祖父にとっては落ち着いて見ていられなかったのか、余り私を気に入っていなかったようである。五歳頃の私の記憶の始めの頃には、もうすっかり内気で、人にも馴じめない人間になっていた。だから赤ん坊の時のそうした活発さは自分では想像がつかない。そうした中で、どうも私は母のお気に入りであったのではないか、と思われる。それは、母が私だけを連れてあちこちに行った思い出が多いからである。又、我が家の過去の、私が知らない様々な事を私に多く語っていた事から、そう思われるのである。そして、兄は父から、こういう事を聞いた、ああいう事を聞いた、といった事が多いので、案外、兄と父とは距離感が私と父ほど疎遠ではなかったのかも知れない。私にとっては父はかなり高所の存在で、中学時代まで、ほとんど親しく話した記憶がない。兄は性格的にも人懐っこい方だから父とも気安く出来たのかも知れない。父は兎に角、家にいてもほとんど家にいない。畑で作業をやり、庭で手入れをやっていた。子供の頃はそういう父を見ていて、何が面白いのだろう。遊びが生き甲斐の当時の私には不思議であった。母も、いつも畑仕事では一緒に手伝っていた記憶がある。

私が小学生の頃は、麦の刈り入れの忙しい時は、日曜日には決まって両親と一緒に、子供にとっては遠くの「原の山」と呼ばれた山の上にある畑に、リヤカーや、背中に背負う木枠のような物、又、竹製のしょい籠、通称「びく」と言った物を持って行き、手伝いをさせられた。どんな事をしたのか憶えていない。憶えているのは、昼に食事をした事、畑の周囲をあちこち走り回って、「ぐみ」の実を取って食べたりした事ぐらいである。茶色になって一面穂を揺らしている麦の姿は壮観であった。それを背負って、山から家に運び、脱穀機に掛ける。脱穀機に掛けた麦の穂を二、三粒そのまま食べてみると、粘りはないが「ガム」のようになるのが面白かった。食料の無い時代であったから、私の記憶の中には、粟飯や麦飯の記憶が強い。お腹が空いて、お釜の蓋を開けると、水で増量された粟御飯であると、「又粟か」と内心思い、うんざりして、余り食べなかった。トロロ御飯なども醤油水で増量され、それを御飯にかけてよく食べたものだった。これなどは、我が家では当時、おいしい部類に入る食事であった。

小学校低学年の頃は弁当持参であったから大抵は、厚いブリキの弁当箱に麦の多い御飯と、一面にカツオ節か天ぷら、或いはノリで覆って、サッと醤油が掛けてあった物が毎日であった。この、所謂「ドカ弁」の弁当箱については思い出がある。小学校で全員で映画の鑑賞が時々あった。これは当時、子供達への教育の一環であったのかどうかは解らないが壷井栄の『二十四の瞳』という映画を杉田という町の映画館まで歩いて見に行った。その中で結核に罹った女性の卒業生を、大石先生が見舞いに行った時、この女の人が語る、百合の絵の付いた厚いブリキの弁当箱、その子は小学生時に、それが欲しくてお母さんにねだるシーンがあった。映し出された弁当箱は、私が持っていた物と同じだった。あの頃、香川の田舎町では、それすらなかなか買えなかった。振り返って、私は、薄型の脇に箸入れの付いたブリキの弁当箱が欲しかった。その時は、それ程強くは感じなかった事が、何年か後になって、そのシーンが強く私の心に残って、種々の事を考えるきっかけになった。

（8）

或る時、父が朝、会社から帰って来ると、母を三畳の部屋に呼び込んで、二言三言（ふたことみこと）、何か言ったかと思うと、いきなり母の頬を叩いた事があった。母が何か大きな間違いを犯したのかも知れない。たまたま私は母の後ろに座って見ていたのだが、母が泣き出すのを見て、思わず私も涙を流してしまった。父は物静かであったから、そして、そうした事を後々（あとあと）まで引かないせいか、そうした後はサッと立って、何事もなかったように行動していた。然し、子供の前で夫婦喧嘩はするものではない。子供の私はひどく傷付いた。子供というものは、感覚的には母親に懐（なつ）くのは当り前であり、仕方のない事である。生まれついてこの方、どちらかと言えば母親が直接世話をするのであるから、当り前である。子供の前で母親を責めるのはやらない方が子供の為である。これは、私の体験に依る。

私が小学三、四年生の頃であったか、風邪で休んでいた時があった。私は学校がイヤになる時に、風邪だと言って二、三日、ひどい時には四、五日休んだりした事があった。四、五日休んだ時は、二十四時間勤務の父は、朝帰って来ると、私がまだ布団の中にいるのを見て、「まだ休んでいるのか」と母に言い、母は「まだ風邪が治っていないから」と言って呉れていたのを憶えている。その時は学校に行くのがイヤな時であった。母は私には、他の子供達よりも甘かったような気がする。

さて、その三、四年生の時は、本当に風邪で休んでいた。母が何かの用事で出掛けて行く時だった。「夜には帰るから」と言って出て行く所だったので、私は、「お母さん、何か本を買って来てよ」と言うと、「うん」と言って出掛けて行った。そして、夜遅くなってから帰って来て、本当に本を買って来て呉れた。その本は今でも憶えている。『家のこと』という題名で、厚い硬い表紙で、濃い青い色を背景に、子供とか家の絵が描いてあった。

それが買って貰った本の印象で、何故、そんな他愛もない事を忘れずに、ずっと脳裡に焼き付いているのか解らないが、やはり、〝買って貰った本〟の印象が強かったのだろう。当時、私の記憶の中には、親から本を買って貰った第一号であったからかも知れない。

それからもう一つ、これは中学の一年生の時かも知れない。当時（昭和三十年代頃）は、本は図書館で借りるか学校の図書室（館）で借りて読むのが通例であった。

小学生の時は読書の時間というのがあって、クラス全員で、銘々、本を引っ張り出して読んだ。私達の小学校の図書館は、米軍からの払い下げの「カマボコ兵舎」であった。皆、珍しくてワクワクしていた事を思い出す。

中学一年生の時に買って呉れた本は、少々厚めの『渡辺崋山』という本であった。内容は全く憶えていないが、渡辺崋山という名前は、その本を買って呉れたお陰で、いつまでも憶えていて、中学以降、歴史の勉強の中に出て来ると、特別な感情を持った。

この渡辺崋山を考える時、私は崋山と似たような所があるのを知って、運命の不思議を感じている。崋山は江戸徳川時代の封建制度が破綻し始めた頃の小藩の家臣であった為、想像を絶する程の貧困の中で国の為に海防の勉強をしていたが、天保の大飢饉の折に捕らえられ（蛮社の獄）、その後、藩の反対派の某の妬みによる讒言により自殺する。崋山は蘭学を勉強し始めたのが遅かった為に蘭語（オランダ語）が読めず、高野長英などの蘭学者に翻訳を依頼して、その翻訳書で勉強していた。長英などは、その本の内容もよく理解せずに、崋山に言われるままに多くのオランダ書物を翻訳してやって、逆にそれが一つの原因で幕府に目を付けられる事になる。然し、翻訳した長英よりも、それを読んだ崋山の方が蘭学に対して、或いは、諸外国の情報を適確に取り入れ、彼独自の高い理想を展開していた。

私も崋山同様、外国語は全て出来ず、日本の古典はどうにか読めるものの、英語を始め、ラテン語、ギリシア語、パーリ語などというものは皆目解らない。全て翻訳書に頼っている。だから逆に、翻訳書の出来栄えが、ある程度理解出来る、という変な事になっている。いずれにしろ、私は崋山とは、そうした不思議な縁を感じている。

縁と言えば、私が初めて就職した会社は木材商社であったが、入社して半年もしないうちに、業績の悪い営業所に回され、そこが一段落すると、他の営業所の状況が悪くなったといって、そちらに回されたりしているうちに、自然と会社再建という役回りが、私がその会社を辞めて自立した時でも、ついて回るようになった。

そう考えると、新入社員、特に学校出たての若者の扱いが如何に大切か痛感している。新入社員は、その上司の出来、不出来で、その職業上の、或いは人生の、運命を左右してしまう。

同じ事は自分の子供達にも言える。その子供の環境作り、育て方によって、その子供の人生も決定されてしまう事が多々ある。

「国際人」という言葉がよく聞かれるが、一体「国際人」と言うのはどういう定義なのであろうか。私に言わせれば、自分が生まれ育った国や社会の中で確固とした自分を作っておけば外国へ出て行っても十分に通用する。日本人なら日本、中国人なら中国、ドイツ人ならドイツ、というように、その国、社会で先ず、確固とした自分を作っておけば、言葉が出来なくても、すぐに国際人になれる。無理をして「国際人」になる必要もない。

幕末、ペリー来航の折、日米和親条約の交渉に、日本は林大学頭復斎が交渉の責任者であったが、ペリーの恫喝を見事にはね返して、日本側の要望に近い形で纏め上げている。

私も経験したが、それは、ソ連邦末期。サハリンで、先方の地質省の極東支局と合弁会社設立の交渉をした。御存知の通り、相手はマラソン交渉が得意なお国柄。当時防衛庁だった頃の、海上自衛隊創設の一人だった或る人が、私の会社の顧問格で所属していたので、海外経験の長いその方と二人で交渉に当たった。二、三年は掛かっただろうか、その防衛庁出身の方は、その交渉の過程で、相手のソ連側の人達が、私について、初めて海外事業をやるにしては相当に手強い相手だ、と言っている、と教えて呉れた。その方も、私に初めてにしては随分と慣れている感じがすると言っていたが、何と言う事はない。私にしてみれば、外国で事業を立ち上げるには契約が大切だ、という予備知識を持っていたので、契約が全て、という決意で立ち向かっただけの事である。

(9)

話を元に戻す。

私が小学校の三、四年生ぐらいの時までが、母の一番大変な時期ではなかったか、と言ったが、両親がアイスキャンデー屋をやっていた時の事、これは、私が二、三年生の頃だと思うが、母が言うには、或る時、お店に出掛けようとしていた時、私のすぐ下の弟が一緒に連れていってくれ、とねだったらしい。母は一番下の弟を背中におぶって弟を連れ、すぐ近くの電車の駅まで行った。電車が来て一緒に乗り、ドアが閉まる寸前に弟をポンと駅へ出し、そのままお店に行ったそうである。弟は駅で泣いていたそうだが、「あんなひどい事を当時は平気で出来たんだよねえ」と四、五十年もあとになって話して呉れた。「可愛相だったねえ」と感慨深げに話していたが、あの大変な時、日々の生活の維持に追われていた中で、母は必死であったのであろう。残された弟は誰が面倒を見ていたのだろうか。近いとは言え、駅から家まで、弟はどのようにして帰って行ったのであろうか。

然し、片やお店で赤ん坊と四、五歳の暴れん坊の面倒を見ながら仕事は出来ない。当時の母にとっては止むを得ざる判断であったと思う。若い時だったからこそ、そうした無謀な事が出来たのかも知れないが、後年、「若いからあんな無鉄砲な事が出来たんだろうねえ」としみじみと私に話して呉れた。今、思い返してみると、本当に母は家の為、子供の為に身を粉にして働いていた事がよく解る。私はそうした母に育てられ、無事、今まで生きて来られた。涙が出る程に感謝している。

アイスクリームが出始めた時、アイスキャンデー屋は辞めた。恐らく、アイスクリームでは、あらゆる事が全く別物で、片手間で出来るとは思っていなかったのだと思う。

然し、商売に全く縁のない父が、母にアイスキャンデー屋をやらせた、という事は、今思えば父の決断のすごさに頭が下がる。それは父の若さと、当時の生活の厳しさ故の必要から来たものであろう。当時は皆、必死であった、と言う話である。どんな時でも努力を怠らない事。才能のある人も無い人も、この努力と忍耐力の無い者は、運からも、社会からも見離される、と言う事である。

敗戦から立て直す事に必死で、特にアメリカ軍の無差別爆撃によって、日本の主要な地域は皆、焼け野原になっていた。戦争に関係のない多くの人達が命を奪われ、その悲しみと悲惨の中から、日本は見事に立ち直った。それもこれも、父や母の世代の名もない人達が皆、必死になって働いたからである。政治に翻弄されながらも、一般国民はただひたすら、生活安定の為に、安定した生活を得る為に働いた。

私達は、私達の両親の世代の人々に感謝の思いを強くして、これからも前進して行かなければならない。

あれは、私がまだ学校に行かない年頃であったろうか。私の家の裏の畑の隅に交番があった。丁度、駅前広場の進入口の脇に当る。

私は家のどこから持ち出したのか、当時の千円札だか百円札だかのお札を持って、交番の前でおまわりさんに、そのお札をニコニコ笑いながら見せて、確か、お小遣いを貰ったと言うような事を言った。そして、私の記憶では、そのあと、わんわんと泣いている自分を憶えている。きっとおまわりさんに何か問い詰められたのだろう。その後、父と母が家の何かの物入れの下の引き出しを開けて、お金を確認していた事も憶えている。断片的にその三つが繋がって思い出として残っている。しかし、その時両親が私を叱った記憶はない。恐らく、それ程深く叱らなかったか、叱られなかったので憶えていないのかも知れない。そんな事があった。

私の家では、私もそうだが、子供が何か悪い事を為出かしても、強く叱る、という事を余りしない。何か遺伝的なものがあるかも知れない。

この頃は、私も年を取ったせいか、過去の事柄が頻りに思い出される。だが、良い事や楽しい事は一つも出て来ない。悪い事、辛い事、人の心を傷つけた事、そんな事ばかりが思い出される。それも三十代位までの事がほとんどである。そうした思い出が浮かんで来る度に、「俺は愚かな人間だ」とか、「馬鹿な奴だ」と言った言葉が口から自然と出て来るのである。特に人の心を傷つけたような事が多く出て来て、その事に依って相手の人生が随分と変わってしまったのではないか、と思うとつい、「俺は愚かな人間だ」と呟いてしまう。

私は小さい頃から、他の兄弟よりも母と親密だった気がする。そして、母も四人の子供のうちで、私が一番のお気に入りだったようだ。だから、母からは、家の事について他の兄弟より沢山、聞かされてきた。それは自然と私の心の中に「家」というものの大切さを植え付けられる事になった。

「専業主婦」という言葉が、いつの頃からか言われるようになって久しい。「専業主婦」とは主婦、即ち、家事、子供の養育を専門の業とする事であるが、私は家庭を切り盛りする母という存在は職業ではない。と思っている。これは女性の「神聖な使命」である。母親が常に家に居る、という事の子供に与える安心感というものは測り難い、格別のものである。

子供が健やかに育つ為に大変重要、かつ、必須な条件であろうと思う。男性の側にしても、夫として妻が常に家に居る事の安心感には大きなものがある。これが家庭を健全に形成し、家族の営みが健全に成される基本である。「共働き」とか、「女性の自立」とか、「男と女」という最近流行りの「ジェンダー」という言葉が飛びかって、成人の個の平等性が強調されている昨今。この西洋規範、西洋輸入の自由、粗削りな自由、平等思想というものに、振り回されている日本社会。

だが、江戸徳川時代の日本の男女の関係は当時の進んだ文化と言われる西欧人でさえ、西欧よりも男女平等が進んでいる、と評判であった。誰が、近世の女性は虐げられていると言ったのであろうか。それは、明治維新政府、薩長政府であった。彼等にとっては徳川時代は全てが悪かった、と言わなければ、自分達の正当性が失われてしまう、という不安が常にあった。逆に西欧では、女性を散々に虐げてきた歴史があったので、近世以降、女性を頼りに持ち上げる為に「レディ・ファースト」になった。

即ち見せ掛けの男女平等であった。

自由には、種々の範疇があって、下は下層民、或いは下層階級人の自由から上は貴族、皇族人の自由まで、その階層に依って自由の範疇は違う。上に行けば行く程、自由の行動範囲は社会的責任が重くなって来る。

一般に「自由」とひと括りに論ずるのは大変危険がある。その国、社会によっても自由の範疇は違う。欧米のように、自分達の自由の基準を全ての国々、社会に押し付けようとするのは当然、無理が生ずる。今、日本人もその危険に犯されつつある。歴史の浅いアメリカなどを全ての基準にしては、日本は立ち行かなくなる。日本のように長い歴史を持っている国には、家とか家族社会に伝統があって、何百年、何千年と、そうした社会構造と慣習を積み重ねて来ているのであるから、アメリカのような、ヨーロッパ社会に不満を持ってそこから弾き出され、或いは生活破綻を来たして逃げ出して来た人々で構成された社会を見習っていては、日本の社会はやって行けない。

アメリカは、史上稀に見る裕福な自然の大地を我が物として育って来ているのである。その大地に、自分達を育てて呉れたヨーロッパ文化を基にして、国家を自分達の思いのままに築き上げて来ている。日本から見れば歴史の浅い国家社会である。そうであればこそ、勉強になる所は積極的に取り入れ、然し、合わないものは、はっきりと拒絶する自主的意志を持たなければならない。振り回されてはならないのである。

私は日本の懐き良き伝統は何とかして残して行きたいと思っている。そうした基盤の上に、種々のものを受け入れ、改良していく事が、日本人が健全に育って行く事になるのではないか、又、より健全な日本社会、国家が作られていくのではないだろうか。自分を見失っている今。特に強く感ぜられる。


私の経験では、母親が常に家に居る、という事は子供に与える安心感は大きい。人間は生まれてから、かなりの年月、親、或いはそれに準ずるような存在の人間がいなければ生きてはゆけない種族である。

アイスキャンデー屋を辞めた頃から、母は和裁の内職を始めるようになったと思う。あれが駄目なら次はこれ、と言った按配であるが、所謂、手に職を持っている、という事は、真に強いものである。私は母が和裁をやって呉れたお陰で、母が縫い物が出来なくなる迄、和服を作って頂き、普段着として着ていた。母が亡くなってから、こんな事を思うのも情けないが、本当に有難かった。初夏の頃からは家にいる時はいつも浴衣を着、冬になると袢纏を羽織っていた。畳には温もりを感じ、あの洋間には、「お客用」のような冷たいものを今でも感じている。

最近は、新しい家はほとんどが板の間、即ち洋間で、リビングルームと呼ばれる居間もほとんどが板の間である。板の間にテーブル、椅子で、そこには欧米のような、よそよそしい雰囲気が漂っていて、日本の家屋の居間のような親しみのある雰囲気は見られない。これは両方の部屋に住むとよく解る。

私は板の間しか無い家だと、必ず居間にジュータンを敷き、お膳を出し、座布団を敷く。そうすると、従来の日本的な雰囲気と親しみが湧いて来るのである。親しい人と話す時はその方が良い。仕事や、余り親しくない人の時は板の間（洋間）を使うのが、日本では良いように思える。椅子なら、用が済んだらサッと切り上げる事が容易である。

子供の頃、日常の買い物は大抵、私がお使いを言いつかって、お店に行った。父のお酒などは、いつも私が買いに行った。母からは「お前はズッナシだねえ」と言われながらも、他の子供よりは、そういう所はよく動いた。

父の兵隊時代のズックのカバンから作ったランドセルから、いつ、別のカバン、或いはランドセルに変わったのかは全く記憶にない。

私は本当に小学生の頃の事は余り憶えていないが、他の人達もそうなのだろうか。

カバンなのかランドセルなのか全然憶えていない。父が兵隊時のズックのカバンをランドセルにしたのを憶えているのは、父が一生懸命ズックをバラしてランドセルにしている所を見ていたから憶えているのであるが、それが恥ずかしいなどと思った事はない。何故なら、他の小学生と同様、肩に掛ける姿には全く変わりがないからであった。ただ、ズックか革の違いだけなので、私は何とも違和感を感じていなかった。それに、私は、第一に親に言われるままに、余り人目を気にする子供ではなかったように思う。憶えているのは習い事である。ソロバンを習ったり、塾に通ったり、家庭教師に見て貰ったり、然し、どれもこれも長続きはしなかった。自分から行く、と言った事が無かったからである。ソロバンや塾は友達の誘いに応じたからだし、家庭教師は、同い年のいとこと二人で、と叔母と母が勝手に決めて見て貰ったに過ぎない。そして、そうした習い事は、私の兄弟では私だけだったような気がする。

母は学校の行事に行く時は、いつも和服であったように思う。小学校の卒業式で茶話会というのがあったが、その時も和服姿であったように思う。

私にとっては、母は空気のようなもので、いちいちの記憶は無いが、なくてはならぬ存在であった。誰もが、そう思っていたのだろうか？　いつも母の傍にいたように思う。甘えたりする訳ではなかったが、いつもいたように思う。私は無口でおとなしかったから、きっと母も余り邪魔にならなかったかも知れない。そして、ちょっとお使いがあれば、すぐに動いたように思う。

夏休みになれば、ほぼ毎日、近くの遠浅（とおあさ）の海岸で、近所の子供達と海水浴。海水パンツ一枚で海岸まで二、三百メートルはあったろうか、毎日通った。あの頃（昭和二、三十年頃）は、海水パンツ一枚で海まで行くのは当り前であった。時には夜の八時頃まで泳いでいた。親も、怒りも、心配もしないでいたように思う。のどかな、大変良い時代であった。

小学生の五年の時に、眼鏡を掛けるようになったのだが、何故、そうなったのかは解らない。丁度その頃、本校の杉田小学校が全焼し、本校の生徒が分校の校舎を使用する事になったのではないかと思う。子供の私には理由などサッパリ解らなかったが、分校にいた私達は、本校よりもっと遠い所にあった神奈川工業試験所の一部分を借りて、ベニヤで仕切られただけの教室で勉強をした。私の席は列の後ろの方だったので、黒板の字がよく見えず、きっと、私が母に黒板の字がよく見えない、と言ったのかも知れない。母とメガネ屋さんに行ったような、ほんの僅かな思い出がある。その頃からメキメキと勉強が出来るようになった。然し、当時の私にはそうした感触は一切無かった。何故なら、五、六年を通じて私の通信簿は、二と三しか付いていなかったからである。きっと、母と先生の折り合いの悪さから来ていたのであろう。

そうした中で、最も印象に残っていたのは国語であった。五年の中頃から眼鏡を掛けるようになって、きっと勉強が出来るようになったのであろう。当時は試験は先生の手刷り（ガリバン刷り）の問題用紙であったが、六年生頃から、立派な、今と同じような、きちんとした活字で印刷された「標準テスト」というものが出て来るようになった。記憶では五万数千人の生徒が参加していたようである。私は六年生の時は、国語は一、二枚を除いて全て九〇点以上で、いつも「優」という青い印が押されていた。ところが、九〇点以上とっても番付けは五万数千人中の一千番台であった。子供の私には数字のカラクリが理解出来ていないので、これだけ良い点を取っても何千番台では面白くないと思い、「よし、今度は百点を取ろう」と覚悟を決めて、六年生最後の試験に臨んだ。そうして、思った通り百点を取った。「優」の印がいつもの青と違って、少し明るい色であったと同時に、番付で五万数千人の一が書いてあった。あれは本当に気持ち良かったが、通信簿は最後まで国語は「三」であった。これは推測してみるに、私の組の五、六年時の担任の先生は若い男の先生であったが、私の通った小学校は分校から独立したばかりであったので、六年生は二クラスしかなかった。

だが、私の組は二組で、住所地で言うと商業地区の子供達の多いクラスであった。隣の一組の生徒は住所地で言うと、比較的サラリーマンの家庭が多い地区の生徒であった。学校側としては、サラリーマンの多い組は、商業地区の生徒が多い組よりは、比較的文化的レベルが高いので、しっかりした先生を付けないと問題が起こり易い、と考えていたのかも知れない。この一組の先生は中年の女性の先生で、生徒からも父兄からも信頼されていたように思う。

片や、我が二組は商業系の家庭が多い生徒であったから、新米の先生になったのかも知れない。すっかり商売人の父兄に取り込まれ、私の母と全く相容れない空気になったのかも知れない。

いずれにせよ、私は小学校の時は、いくらテストが良くなっても、決して勉強が出来る、という実感は全く持っていなかった。

テストでもう一つ記憶にあるのは、理科だったか算数だったかは定かではないが、或る時、四十点台の解答用紙を見て、これでは仕様がない。今度はもっと良い点を取るぞ、と心に決めて、次の試験に臨んだ。記憶では、その為に勉強した、という記憶は無かったが、次の試験は六十点台であった。その時思ったのは、意気込みだけでも成績が良くなるのを知った。後年、大学生の時であったろうか、物理学者の湯川秀樹の著作の中に、「気合い、というものはスポーツだけに限らず、学問の世界でも必要で、気合いを入れるか入れないかで、その結果に違いは出る」というような事が書いてあって、本当にそうだな、と実感した事がある。それは、心に緊張感を持たせる事である。緊張感を持って行動すれば、普段以上の結果が得られるのである。

然し、この成績簿というものは大変重要で、特に子供にとっては、大きな影響力を及ぼす。

彼の私の小学校の先生は、それ丈の配慮をする器ではなかったのであろうが、私は中学へ行っても成績は伸びず、小学校時代より少し良くなった位であった。私の頭の中に、自分は勉強が出来ない、という事がしっかり刷り込まれていたのであろう。成績よりも自分の世界の中だけで闘っていたのかも知れない。

いずれにせよ、母は、この小学五、六年生時の担任の先生とは、ほとんど接触した事がないように思う。私も子供心に、母がこの先生を余り信頼していなかったように感じていたし、たまに、その先生が話題になっても、私の前では悪く言わないが、何か軽蔑をしているような物言いであった。

中学では英語の科目が初めて出て来る。数学は小学校の算数とは、その内容が違って来る。この二科目は、中学校に入ってから目に見えて成績は落ちて行った。然も、私のクラスは、中学一年時に番長のような生徒が居り、クラスの男子の大多数が彼の下に組み入れられていた。仲間に入らないのは、成績の良い五、六人と私だけであり、私は彼等の標的にされた。然し、結局、最後まで、彼の軍門に降らず、当然、勉強も全体的に、どんどん下がっていった。

中学一年の時、私はローマ字すら解らなかった。ローマ字で自分の名前が書けなかった。

私が小学校から中学校に移る前後に、私の家では大学生相手の下宿屋を始めた。家が広かったので、二、三人の大学生を下宿させるようになった。私の両親も、まあよく、いろいろな金儲けの種を見つけて来るものである。本当に今、考えると両親の偉大さに頭が下がる。勿論、下宿だから食事付きである。私のような子供には、そうした細かな内容は解らなかったが、今、振り返ってみると、両親がその生活を維持し、子供をどのようにして守っていくか、様々に考え、工夫をし、努力している事に敬意と感謝の念を抱かずにはいられない。そう思うと、人間は愚かだから、なるべく長生きをして、自分の反省する機会を沢山持って、次世代に伝えていく義務があるのではないかと思う。年を重ねる事により、より多くの体験を積まないと解らない事が沢山ある。

いた。

私の家では、麦を収穫すると、決まって製粉屋さんに持ち込んで、粉にして貰っていた。

私の家では、どういう訳か大変であったように思う。麦の粒が大きいのである。もしかすると、昔の事だから、余り改良されていない小麦であったかも知れない。その麦粉を、父は自宅で捏ねて、うどんを作る。当時、私達はそれを「ソバ」と言っていた。父は、つけソバが好きで、よく食べていた。然し、子供の私には、このソバが大変不味く、嫌だったが、然し、嫌いと言って食べないような事は決してなかった。

父が麺にする手動式の機械操作が大変面白く、よく手伝いをした。土間の横の廊下にゴザを敷き、そこで粉を捏ね、平らにして一定の間隔に切り、それを麺の機械に上から入れ、もう一人が機械を回す取っ手をゆっくりと回す。すると、機械の下に細い麺になって出て来るのである。水団(すいとん)は子供の握り拳より少し小さ目の楕円形で、ソバであれ、水団であれ、煮込めば結構食べられるものであった。現代のように、ちょっと不味ければ、親まで不服を言う、所謂、こらえ性の無いような事は一切無かった。

⑽

母は隣町にある自分の実家には、それ程足繁くは行ってなかったように思う。実家のお墓参りには、大抵、私が一緒について行ったが、実家に立ち寄る、という事はほとんどなかったように記憶している。

母は岡田家の事はいろいろと話して呉れたが、母の実家の河原家に関しては、余り話して呉れなかったように思う。私が感じている以上に、母の母である私の祖母の複雑な状況から来ている事は間違いない。

家の中が一番楽しく、賑やかになるのは、何と言っても正月とお盆の時期である。お盆は夏祭りと一緒とあって、特に賑やかで楽しかった。然し、母にとっては一番忙しく、又気を使う時だったかも知れない。だが、親戚が沢山集まる時は、子供の私にとっては楽しかった。様々なおじさん、おばさん達に会うのは、無口で内気な私にとっては、どういう訳か楽しかった。現代では、正月だからといって、わざわざ親戚が集まる事もないが、これが、今の私達には必要であるように思える。お盆に集まるのは、一族が先祖を大切にし、同族を大切にし、その動静を知る事で、一族の結束が図れる、という意味でも大変重要なのではないかと思う。今はそうした慣習が失われつつある。そして、身近にいる人間が知らぬ間に亡くなってしまう、というのは余り日本的ではない。

同じ慣習を持つアジアにおいて、その失われ方は、特に日本には顕著に見える気がしてならない。

私が高校生の時、まだ、西欧文化が先進文化だと思い込んでいた時、本当に西欧文化を取り入れるには、その根幹にあるキリスト教（プロテスタント）を日本にしっかり取り入れなければ駄目なのではないか、と思っていたが、或る時、内村鑑三が私と全く同じ事を言っているのを読んで、驚きと同時に、自分の考えが内村鑑三と同じだ、という事に感銘を受けた。然し、今では、それが間違いであると思っているが、当時の日本人は本当に大真面目にそう思っていたのか、と今になって、当時の明治の様相が解ったような気がした。

日本の長い伝統の中に、新たにキリスト教を遍く根付かせる事など有り得ないし、それでは日本独自の高い文化が破壊され、その中で培われた、世界でも特異な民族的優秀性が損われ、日本社会は大混乱に陥ってしまう。神道、仏教、儒教の融合した環境の中で、そして、この地理的自然環境の中で、世界でも最上位にある、独自の社会の中で育って来た文化は、これを変えようと思ったら百年や二百年では済まないし、そんな事は有り得ない。

その国の歴史、社会環境、民族性は、その地域、民族の様々な条件から成り立っているその国、地域を何の考えもなしに、自分達の文化、文明こそ正しいという単純な発想で押し付け、破壊しようとするやり方は、何もアメリカに限らない。西欧人の本来的な思考感覚なのである。西欧大航海時代のポルトガル、スペイン、オランダ等々の事跡を見れば解る。

社会の価値基準や規範というものは、その地域、社会によって違うのは、現代では当り前になっているが、それを米欧の国々、特にアメリカは理解出来ていないように思う。これはキリスト教（プロテスタント）と一体化して根付いている。

私が小学校の五年生の時、放課後、一人で校庭の隅で石投げをしていて、友達の頭に怪我をさせた事から、父が心配して、家で遊べるようにと卓球台を作って呉れたお陰で、私は中学生になって二、三ヵ月してから卓球部に入った。小学生での経験で、自分なりに自信を持って入部したのだが、毎日毎日、素振りばかりで球を打たせて呉れない。それでも諦める事なく続けていたら、漸く、一、二ヵ月後位から練習させてもらうようになった。然し、上には上がいて、同学年でも強いのが沢山いて、内心、「卓球のうまいのがこんなにいるのか」と驚かされたが、それでも辞める事なく、卒業まで卓球部にいた。

この頃になると、我が家も漸く経済的に、少しゆとりが出て来るようになった。それまでは、息つく暇もなく、両親は必死に働いていたように思う。父の独身時代がどうだったかは解らないが、母にしてみれば、嫁に来てから祖父が亡くなる迄が一番大変だったように感じる。祖父の事業の失敗がいつで、いつ財産が差し押さえられたのかは知らないが、母の結婚前である事は間違いない。というのは、母は父の顔写真を見て気に入って、岡田家の家、屋敷を見に来ているから。それで、これなら喰うに困らないだろう、と納得した、と言っていた。

然し、母の話では、父の家族はいっ時、近くの親戚の家の離れに仮住いしていたと言っていた。その時に岡田家の代々伝わる家具調度も一緒に預かって貰っていたが、それ等は全て戻らなかった、と言っていた。それはきっと誰かから後で聞いたのであろう。返って来なかったのは、きっと、仮住いの形に取られたのかも知れない。

だが、母は岡田家に嫁入りしてからは、きっと腹を決めて、何があっても、ここに骨を埋める覚悟ではないか、と私は後々推測している。現代では、そういう事を自覚的に持って行動する人は、非常に少ないのではなかろうか。それだけ、「家」というものの意識が薄れている、と言う事だろう。又、「自由」という観念が蔓延して、道を踏み外し易くなっているのかも知れない。

母の覚悟は祖母の苦労を聞いている筈だし、又、昔の事であるから、嫁に入ったら、そこが自分の身の納め所、という観念から来ている事は容易に想像出来る。然し、こうした、或る程度束縛された考え、行動は人間には必要なもので、自由や権利を振り回す欧米流の考えは、人間に忍耐や努力、というものを失わせ、或る面では社会を混乱させる基にもなり得る。

祖母は、自身の二度の結婚の苦労など、当時の日本の社会的慣習や、又、その育った時の環境などから、私の想像の及ばぬ程の「女の身の哀れ」を味わったに違いない。母はそれを見ているからこそ、父と共に一身同体で岡田家の苦労を背負い込み、立ち向かったのであろう。

少しずつ楽になっても、決して安心出来る段階ではなかったと思うが、私が中学校に行く頃は、先に言った下宿屋稼業、そして、母の針仕事が経済的に大きく役立った事は想像に難くない。何せ、父は一日交代勤務の会社勤めをやりながら、一日交代休みの自宅にいる時は、畑仕事や庭仕事。庭仕事と言っても単なる庭いじりではない。梅、柿、ビワ、ミカン、ザクロ、イチヂク等を何本も植え、その実の収穫もやり、その合い間に家の増改築など、何でもこなした。庭の大きな木の枝が増えると、それを一人で伐採し、薪として縁の下にギッシリと詰め、風呂を沸かす為の冬の準備をした。梅は梅干しに、柿は干し柿、或いは渋抜きをし、その他、ビワ、アケビ、ザクロ等は熟す頃になると、私達子供が勝手に取って食べた。麦や野菜などは自家用と売り物と併用していたかも知れないが、父ならその位の事は考えたかも知れない。後年、私が学校を出て就職した時に、その会社の社長が度々、「岡田君は合理的な物の考え方をする」と言って褒めて呉れたが、当時の私にはどこが合理的なのか、全く理解出来なかったが、こうして、父の仕事振り、生活振りを思い返してみると、無意識の内に、父親譲りの合理性を身に付けていたのかも知れない。父の合理的な考え、行動は実に見事であった、と言わざるを得ない。

私は両親の日々の生活態度を肌に感じながら育って来たので、その勤勉さや、常に努力している事を知らず知らずの内に、自分自身の身体の中に受け入れて来た。

先にも言ったように、中学一年の時、私のクラスの「番長」とその子分共から、私はいい標的にされ、然し、どういう訳か、その番長は自分からは手を出さず、子分に、私にちょっかいを出すようにしていた。然し、それでも私は彼の子分にはならず、だからと言って、成績の良い連中の仲間にも入れなかった。

或る時、その番長から呼び出され、廊下で殴られた事があった。何か二言三言を言ってから両頬を殴られた。気が付くと、彼の子分共が全員、教室の窓から顔を出して見ていた。然し、私は最後迄、その仲間にはならなかった。今でも思い出すが、当時、私は家に帰ると、裏の畑で作業をしている母の所へ行っては、その内容を話し、学校を変えて欲しいと何度も頼んだ。母は私の話を聞きながら、「うんうん」と、いつも生返事で、作業を続けていた。それでも、私は機会がある度に、畑仕事をしている母の所へ行っては同じ事の繰り返しをしていた。然し、考えてみれば、何故、私は番長の子分にならなかったのか解らない。きっと、自分の心のどこかに、強い自尊心があったのだろうと思う。彼の子分や彼にいじめられても決して妥協しなかった。子分達との喧嘩の時には、逆に殴り返した事もあった。ただ、私はしつこく殴るような事はせず、一瞬殴り返したら、もう、そこから離れてしまう。そうした事が何度かあった。子供ながら、何か私には近づき難い印象が皆にあったのかも知れない。

そんなこんなで、当然、私の成績も少しずつ下がるようになった。もともと良くない成績が下がると、自然、勉強に自信が無くなる。私は何事にも鈍感であったから、当時はそれ程感じなかったが、後で思い返してみると、そういう事であった。一度は中学三年の兄のところにいじめの件で相談に行ったが、その時、兄はただ笑って聞いているだけで、私は内心、「頼りにならないな」と思い、その後、兄の所へは行かなかったが、兄にしても、喧嘩が好きな訳ではないから当然であった。この兄も私同様余り勉強が出来る方ではなかったが、どういう訳か、先生方には人気があって、先生方からは「コウタ、コウタ（兄の渾名）」と可愛がられ、「コウタの弟か」という事で、私は結構気に入られた。

兄は私と違って、どこにでも顔を出す質であったので、種々な先生が知っていた。話し好きで剽軽な所があったから、それで先生方も近づき易かったのかも知れない。成績は良くなかったが、育ちの良さも手伝っていたのかも知れない。「育ちの良さ」というものは、貧富に余り関係なく、その子供の育った家庭環境に依る所が大である。それと生来の性質の二つによる。私の中学一年の思い出の大半は、母に泣き言を言っている自分の姿である。

然し、それでも子分にならなかったから、きっと、自分の中に何か強いものがあったのだろうと思う。そして、私が子供の頃の時代は、現代のような陰湿ないじめはほとんど無かった。その違いの原因は、私の子供時代はテレビが出始めて、徐々に一人で遊べる材料が出て来た。それまでは、家で一人で居れば、せいぜいラジオ位しかない。だから、どうしても外で友達と遊んだり、話したりする事が多かった。今はパソコン、スマートフォンを始めとした情報機器の氾濫で、一人で居ても、そうした情報機器で遊べる。即ち、内向的、孤独的になって行く。実際の交流が少ないから、人と人との対応の仕方、礼儀なども出来ず、身体的にも鍛えられていないから自然、心身共に病的になって来る。そこから陰湿ないじめになって行くのである。やはり子供は外で遊ぶ機会を多くしなければ健全には育たない。様々な人間と直接交流する機会を多くする事が絶対に必要で、現代は、それが著しく減っていると同時に、その事が精神面での不健康に関与しているのではないだろうか。

現代は精神疾患が主流を占めている、と言うのも肯ける。子供に限らず、大人も含め、人間全体がそうであるのが現代社会である。

チャールズ・マックファーレン（一七九九〜一八五八年）の著書『日本１８５２』（渡辺惣樹訳）で、次のように述べている。「男を磨くのは女だとはよく言ったものだ。

女性が品よく優雅で洗練されていれば、男性が下品で粗野で不格好ということはない。もちろんこの逆も真なりである」。ペリー来航の頃の話である。「日本の男性も態度が立派でマナーが洗練されている。それは身分が高いだけの特徴ではない。一般人にも……略……路肩で、その日暮らしで働いている者でさえ、会話はまともで礼儀をわきまえている。日本人を観察する者は、この社会の『礼』（Politeness礼儀正しい）の存在に、はっきりと気づくのだ（同書）」。

我が家で、私の知る限り、葬式を行なわなかったのは、この母と父の飲んだくれの兄の二人であった。そして、二人共親族には内緒で済ませたのである。

「格式」という言葉がある。辞書の『漢字林』で調べてみると、①おきて、きまり、②身分、階級を表わす儀式、と出ている。この「格式」は現代では死語に近いようになっているが、「天皇」と同じで、気持ちの上では、人間は絶対に持つべき規範だと思っている。即ち、心の格式である。この事を自覚するとしないとでは、大きな差がある。前出のチャールズ・マックファーレンの言葉にも通ずる。

⑾

下宿屋稼業をやっている間、母の針仕事は若干、減っていたように思う。母が針仕事をしている所は、学生さんが住むようになった為である。下宿屋稼業と言っても、最初は一人、奥の間に、そして、次に決まった一人。これは最初の学生さんと同じ大学に通う人であった。それから更にもう一人増えた。この人は先の二人と違う、横浜市立大学であった。そして、一年程してからだったか、奥の部屋の二人の学生さんが出て行き、横浜市大の学生さんだけが残った。

この人は大阪の洋服の仕立て屋さんの息子で、とても品の良い、少し線の細い感じであったが、実は、この人が私の人生の恩人となった人である。

私は中学生になってから、小学校の時のように依怙贔屓の害には当らなかったが、そのせいか、一時的に成績は良くなった。然し、番長のいる組であった為、再び成績は下がっていった。当時は何の意識も持っていなかったが、今、考えてみると、小学五年生で眼鏡を掛けた事が六年生での成績向上に繋がったのと同様に、中学一年生では番長問題で成績が下がった、という事が理解出来て、子供というものは、ちょっとした事で大人以上に大きく振れるものだ、と強く感じている。

中学二年生になって組替えがあり、漸く、番長とは別々となった。然し、私の成績は二年生になっても下がり続けた。遂に、二年生の一学期の成績で、小・中学生を通じて初めて、五点法の「一」というものを音楽で貰った。

この音楽が「一」になるのは、私はある程度予測をしていた。音楽の評価は、その時の感触で、「歌を歌う」、「筆記試験」、「宿題提出」の三つであったように思う。先生のピアノの伴奏で歌を歌うのだが、私は小さな声で先生に聞こえないような無気力で歌った。筆記試験は余りよく憶えていないが、かなり悪い点数だったように思う。宿題帳は提出した事がなかったように思う。この音楽の先生は、なかなか厳しい先生として名が通っていた。女の先生で顔立ちも厳しい雰囲気を持っていた。だからと言って生徒に厳しく接していたようには思えなかった。近づき難い雰囲気を持った、余り笑顔を見せない先生であった。いずれにせよ、「一」という成績を初めて貰った。

私は学校の成績で両親から怒られた、という記憶は皆無である。父も母も、成績に関して、余り子供達を叱る、と言う事はなかったように思う。あの厳しい父が、どういう訳かそういう事には大変寛容であったように記憶している。悪い事をしたり、親の言う事を聞かなかったりして、何か失敗した時は大変厳しかったが、そうした子供の能力に関しては強圧的な所は全然無かった。私も自分の子供の成績について、何か不平を言った、という記憶は無い。こんな事も、案外、遺伝するのかも知れない。だから、私はいつも学校から成績表を貰って家に帰る時、何か後ろめたさも感じずに、そのままさっと、親に成績表（通信簿）を出していた。他の兄弟と比べられる訳でもなく、だから、兄の成績や弟の成績など全く知らなかった。母も怒らない替わりに褒めもしなかった。勿論、二や三ばかり取っていては褒める所があろう筈がない。体育が四であった位で、その体育では両親には褒めようがない。進学と結び付かないのだから。むしろ私自身が何が理由で体育が四なのか全く理解していなかった。きっと卓球部にいて、体育の先生が卓球部の顧問だったからだと思う。

話が大分戻るが、小学校の五年生の時であったが、運動会で、私は徒競走地区別対抗リレーの五年生の代表で出た事があった。これは、私達の地区で最も早い子が、何かの怪我をしていたのか、その子が、私に替わりに出るように言ったのである。彼は私達の組の餓鬼大将であったが、クラス全員の人気者であった。当然、先生方にも受けが良かった。その彼が、どういう訳か、私をとても気に入って呉れて、よく面倒を見て呉れた。彼の推薦であるから、先生も生徒も誰も文句は言わない。それで、リレーに出る事になった。一年生から六年生までの地区別対抗リレーである。これは運動会の最後を飾る競技で、父兄も子供も一番注目する種目である。一年生からスタートして五年生の私の時は先頭であった。バトンを貰って走り、先頭のまま六年生に渡し、そのまま優勝をしてしまった。その時、初めて「メダル」というものを貰ったが、表彰の時に優勝旗は六年生、五年生の私は盾かカップかを持って、運動場を一周、進行した記憶がある。その時、ふと、「担任の先生は面白くないだろうな」という思いが頭の中をよぎった記憶がある。そう考えると、当時の私は普段は余り気が付いていなかったが、心の底では、当時の担任の先生が、私を余り良く思っていない、という事を肌で感じていたに違いない。いずれにせよ、体育は無意識のうちに自信を持っていたのかも知れない。私が小学校四年生の時であったろうか、小学校の本校である杉田小学校が火事で全焼してしまった。当時、私達の学校は本校と分校があり、本校は杉田小学校と言って、京浜急行で一つ隣の駅の町にあった。私達は、小学校一年生の時は、その杉田小学校の本校まで電車で通っていた。分校は私達の町の近くで建設中であったが、小学二年生の時は分校に移って授業を受けていたように憶えている。

そこは、母の実家のある中原という隣町で、周囲には田んぼや畑が広がっていたが、校舎は高台にあり、運動場は下にあった。時々、朝礼などで、鎌倉時代の遺物が出土したと言って校長先生からお話があった事を憶えている。

兄は、本来ならば、この分校屏風浦小学校の第一回の卒業生になる予定であったが、本校舎の焼失に依り、分校の設立は二年遅らせる事になり、私達が第一回の卒業生となった。

小学五、六年の時、私が描いた絵（人物画）が教室内の壁に何枚かの他の生徒の絵と一緒に張り出されたのを憶えている。そして、その絵が、いつまでも私に返されず、後々、友達から、私の絵を展覧会の会場で見た、と言われた。どこの場所のどのような展覧会で発表されたのかは全く知らないが、展覧会で発表されたのだから、何等かの賞ぐらいにはなっていたと思うが、結局、何もなく、絵も手元には帰って来なかった。卒業してから、何回かクラス会があったが、先生は小学時代と同様に、私とはほとんど目を合わせる事はなかった。

今は、学校内での「いじめ」という事が、どんどん表面化して、その処理をめぐって様々な問題が発生している。「いじめ」そのものは昔からあったが、余り表面化していなかった。然し、私自身の体験から、現代においては、特に丁寧に、この問題は扱う必要がある。子供の精神面には大きく影響するからである。そして、場合によっては、その人の人生そのものにまで影響を及ぼす。教育委員会始め、教師の怠慢がよく問題になっているが、これは教育委員会や教師が、自分の保身を第一に思い、大切な子供達の身を考えていないからである。「教師は聖職者」という思想に欠けているのであって、少し、江戸徳川時代の教育について学んだ方が良いように思う。

儒教的、封建的な教育が古い、とか間違っているとか、いろいろ言われるかも知れないが、その前に、徳川時代の教育がどういうものであったか、よく勉強する必要がある。今に比べれば、当時の教育指導者達は大変真剣であった。と同時に、その時代に育くまれた人達が、日本近代の基礎を作り上げたのである。

現代は、「制度」という西欧思想の中で教育を考えているが、近世はそうではない。儒教的、仏教的、神道的な倫理感の上に成り立っていた。

近代になってからは、西欧キリスト教的な理念に立った教育思想から成り立っている。残念乍ら、日本の高い理念を置き去りにして、上っ面だけの思想、制度だけを当てはめて教育を行っている為、教師が本来の子供への教育よりも、雑用の方が過大になっている。それが問題化しても、相変わらず現行制度の上に、全員が乗って流れている。

日本の伝統的文化の中にキリスト教は根付いていない。外国の教育倫理の上に立って自分の国の教育倫理を構築しようとしても、それは土台無理である。そもそも、日本の近世の教育文化は、西欧の近代の教育文化よりもすぐれていた事は、幕末期の西洋人が一様に認めていた所である。

この事はキリスト教が良いか悪いかの問題ではなく、その国に根付いている倫理観を土台に教育のあり方を考えていかないと社会はうまく機能しないし、その国の人材も育たない、という事である。

今、日本で、国の指導者も含めて人材不足に陥っているのは、そこに原因がある。明治維新以来、西欧に見習え、西欧に追い付け、西欧に同化しよう、と頑張って来たお陰で、全く自分を見失い、従来の日本の在り方を全否定するような気分になってしまった。その間違いの源は「戊辰戦争」にある。「戊辰戦争」はやらなくて良かった戦争であった。何故なら、既に徳川慶喜は大政奉還をして、江戸で謹慎をしていたのであるし、薩長の革命の目的は、その大政奉還であったからである。

この戦争の為に、徳川幕府にいた多数の優秀な人材が失われ、離反或いは遠ざけられ、結果、未発達の薩長系の人材を多用した事から、西欧の真似事のような近代化に走った。その人材教育の中心は官僚養成なのである。官僚からは国の指導者は生まれない。勿論、当時の状況からすれば、止むを得ない選択肢ではあった。然し、もう少し落ち着いて、もっと広い視野、深い考えに至れば、官僚養成という緊急の問題だけでなく、国家百年の計となる息の長い近代日本人教育に考えが及んだ筈である。日清・日露戦争で勝利し、第一次世界大戦で戦わずして勝利組に入ってしまった事が、その後の日本の行く末を決定づけてしまった。

日本は敗戦後、米軍の占領時代を経て、昭和三十二、三年頃、即ち、敗戦後十二、三年経った頃に、本来の日本の伝統的な生活慣習の西欧化が、都会を始めとして表面化して来たように思う。私の家も、私が中学生になった頃から、徐々に正月、お盆の時期での一族の集まりが少なくなって来たように思える。

西欧では、特にアメリカでは例年、クリスマスは相変わらず現代でも大袈裟に祝うが、日本では、現代では正月祝いやお盆の先祖祭りは、アメリカほどのこだわりはないように見える。

クリスマスはイエス・キリストの生誕祝いであるが、日本のお盆は先祖供養である。日本の良き生活文化の伝統は、きちんと守って行きたいものである。それは、日本人の精神の培養にもなる筈である。

世界の主要各国の歴史、文化などを勉強して感ずる事は、日本民族というものが世界的に優れた部類に入るだけでなく、人間としての優秀性に、他の民族よりも、よりバランスの取れた優秀性を持っている事に気付かされる。これは大変重要である。ただ単に、どこが優れているか、というようなものではなく「総合的」に優れているのが、日本民族の強味であるように感ずる。

これは、千数百年の日本人の環境・文化の積み重ねに依って出来ているもので、又、日本人自身の生物学的遺伝にも依っている。

私は、日本人の人間としての総合的な優秀性について、もっと自覚と自信を持つべきだと考えている。日本の伝統的な風俗、習慣を失う事は、日本人の退化を表わしていると思う。良き伝統、良き仕来り、それに基づく独自の日本人の精神、そうしたものをしっかりと身に付けておかないと、世界の悪しき潮流に呑み込まれてしまう。日本人としての強い自覚を持ち、その上で世界の良き文化、精神を取り入れていく事が肝要であると思う。

ここ二、三年、私はアメリカの歴史や国民性について余りよく解らないので、少し集中的に勉強をしてみた。アメリカを、より知る為には、彼等自身が書いた本を読むのが第一であるから、アメリカ人の研究者が書いた本を中心に読んで解った事は、アメリカの国、文化及び国民性というものは、日本に比べると総合的には日本の方が優れている、先進的である、という事であった。意外にアメリカは後進的である。表面の一端だけを私達はアメリカだと思っている事が多い。日本のマスメディアの少々軽率な所が原因かも知れない。

（12）

さて、話の筋が大分、枝先の方へ行ってしまったので戻す。

私の少年時代で、中学二年の一学期の成績は最悪であった。然し、まだまだ子供であったから、そんな事で悲観したり、先の心配など何もしていなかった。夏休みになれば学校主催の体験学習に参加したり、当時の私の友達にクリスチャン一家の子供が居り、よく、その友達と教会へ行ったりしていた。

中学の一、二年では、今、思えば何の考えもなしにその日、その日を送っていたように思う。私も父に似て無口であったから、何かボーッと考えていたように思う。私はおとなしいようで、結構活発で、すぐ下の弟はヤンチャ坊主であったから、私と三男坊は、よく二人組で父から怒られていた。然し、私自身は子供の時分、そんなに活発だった記憶はない。ただ、近所の子供達といつも遊び惚けていたから、その関係かも知れない。

小学生の時は夏休みと言えば、ほぼ毎日、近所の子供達と海水浴に行っていた。蝉取りや昆虫採集などでは、先に書いた母の兄の子供で一学年上の子といつも一緒だった。今、考えると、どうも遊び方によって友達を分けていたように思う。野球やら運動は、又、別の友達がいた。然し、中学生になってからはほとんど、そうした友達と遊ばなくなった。

中学二年の夏休みが終り、二学期が始まった頃、突然、下宿をしていた横浜市立大学の学生さんが、「奉ちゃん、勉強を見てやるよ」と言って、その日から毎日勉強を見て貰う事になった。毎日四、五時間位、学校から帰って夕食を済ますとすぐに始まった。七時頃から十時頃まででであったろうか。中学三年時は、学校のクラブ活動（卓球部）も余りやらなくなったので、四時から五時頃まで、夕食をして六時頃から十時、十一時頃まで教えて貰ったように記憶している。この学生さんは辻村さんと言って、大学の単位は三年時でほとんど取得してしまったので、四年時はほとんど授業に出る事がないような事を言っていた。私が中学二年の時は大学三年、受験の時は四年生でほとんど大学へ行かなくてよかったようで、兎に角、成績優秀な学生さんであったらしい。母に言わせれば、最初は私の兄の勉強を見ていたそうだが、どうもパッとしないので、私に乗り替えたんだ、とあとで言っていたが、私は兄が勉強を見て貰っていた事など、同じ家にいて全然知らなかった。そう考えると私は本当にノンビリ屋さんだったのかも知れない。約一年半、辻村さんが夏休みや正月休みで大阪の実家へ帰った時以外は、日曜日も含めて、毎日五、六時間は勉強を見て貰っていた。私も兄同様、勉強の方は余りパッとしなかったが、兎に角、言われた事は「いや」と言った事はなく、言われた通り時間に関係なく勉強をしたように思う。本当によく教えて頂いた。学校の成績も少しずつ良くなっていった。最後の方は、確か主要五科目は「四」であったように記憶しているが、考えてみれば、あれだけ毎日教えて貰ってその程度であったから、私の学業は知れたものであった。それよりも、辻村さんは本当に飽きもせずに一年半、毎日五時間も六時間も教えて呉れたものである。それを嫌がらずに勉強した私も感心であるが、授業料も取らず、あれだけ教えて呉れた辻村さんは大したものであった。高校進学指導も全て、辻村さんがやって呉れた。当時は成績の良い生徒は公立の高校へ行ったので、学校の担任の先生も、当然、私は公立高校を受けると思っていたらしかったが、進学校を決める時、私は公立高校へは行かない、という意志表示をしたら、一瞬、先生は手を止めて、私をじっと見つめ、「そうか」と言ったきり、黙って書類に何か書いていた。

辻村さんは、私を大学の附属高校へ行かせる為、各大学の附属高校を三、四ヵ所選んで、その学校を私と二人で見学に行った。結局、滑り止めで受けた学校へ入学したのだが、一番嬉しそうにしていたのが、普段、顔にも態度にも見せなかった父であった。

高校の受験については、辻村さんと母とで相談して決めたようだが、実質、辻村さんが母に受験の現状を説明して、決めたようである。

父は私が日本大学の附属高校へ行く事が決まると、父が一番信頼していた弟である叔父を呼び、二人で酒を汲み交わしていた。私に高校合格について一言も声を掛けず、叔父さんを呼んで祝杯を挙げる、などというのは、いかにも父らしかった。

然し、私は、あれだけ勉強してこの程度の高校か、と思うと本当に自分は勉強が出来ないんだな、とつくづく思ったものである。何も嬉しくなかった。学校から帰るとすぐ勉強、そして、夕食、終わると又すぐ勉強。途中、中休みでお茶を一杯出して呉れる。そして又勉強。十一時頃になって漸く就寝。一生懸命勉強した本人は当り前であるが、無報酬で、あれだけ教えて呉れた辻村さんには本当に頭が下がる。

今でも忘れない事は、受験間近の或る日曜日に辻村さんと金沢八景の横浜市立大学の近くに平潟湾(ひらかたわん)という小さな入江に行った。そこで二人で小舟に乗って終日釣りをした事があった。二人で四、五十匹程のハゼを釣り上げた。それを持って帰って来ると、母が天ぷらにして、その晩に出して呉れた。私はそんな小魚が食べられるとは思っていなかった。小学生の頃、海水浴で、遊びがてら釣りをしハゼを釣っては逃がし、釣っては逃がしして、食べられるなどとは全く考えていなかった。私は珍しそうに食べた。ところが、それが柔らかくて、とてもおいしく、ハゼがこんなにおいしいとは思ってもみなかった。未だに、あのハゼの天ぷら以上においしい魚の天ぷらは口にした事がない。

然し、この受験勉強で、未だに不思議に思っている事は、あれだけ勉強詰めであったのに、嫌になった事が全く無かった事である。大して成績も上がらなかったが、勉強する事を少しも苦にしなかった事が、未だに不思議に思っている。そして、それ以上に不思議なのは、あれ程、熱心に教えて呉れた辻村さんである。何の報いもなく、期待もしないで、よくあれだけ熱心に教えて呉れたか、と思うと何とも不思議であった。

然し、辻村さんの実家は経済的に苦しい家庭ではないようであったし、学生アルバイトをするような事は一切無かった。然し、大学でも成績優秀であったから、暇を持て余していた事が私にとっての幸いであったのかも知れない。見るからに育ちの良さを感じさせる人だった。そうした事から、私の両親も辻村さんには全幅の信頼を置いていたように思う。人間の出会い、というものは本当に不思議なものである。

本当に私は幸運であった。その後の私の人生を支えて呉れたのは、あの時の一年半の勉強の賜物であった。「幸運であった」と思える事程、素晴らしい事はない。辻村さんは私の受験結果を見る事なく、早々に大阪の実家へ帰った。私の人生の恩人であり、両親の次に大切な人である。

習慣とは恐ろしいもので、私はあの受験勉強時代、毎日出された一杯のお茶のお陰で、お茶を飲む習慣がつき、いつもお茶を飲んでいた。その事に気が付いたのは、大学に行ってからである。

辻村さんのお陰で、私が中学を卒業する頃には、成績も今迄二、三が指定席であったのが、三、四が指定席となった。それも四の方が多くなる、という状況になっていた。いつの間にか、私の心の中にも少し自信が出て来たように思う。それは心の余裕というものに表われている。然し、私はいつも自信満々という気持ちには縁遠く、そういう気分になった事は現在まで一度もない。常に、一抹の不安を、どこかに持っていた。だから「自惚れ」とは縁遠いものがある。

私が中学二年の冬であったろうか、母は私に半オーバーを買って呉れた。それを毎日着て学校に通ったが、或る時、学校で半オーバーの着用禁止のような通達があった。

正式なものかどうか忘れたが、私もちょっと気になったが、構わず着続けた。折角買って呉れた母にそんな事は言える筈もなかった。然し、先生方からは何も言われず、私はそのまま、卒業まで着通した。薄いねずみ色のオーバーだった。これは高校時代も着ていたように思う。

母は四人の子供の中で特に私を可愛がって呉れたように思う。何か気が合う所があったのかも知れない。然し、だからと言って世間で言うような甘やかし、というものはなかった。他の兄弟よりも寛大に扱って呉れたようには思う。これは恐らく、私が真面目一直線で、親の言う事によく従った、という事にあると思う。私は両親に言われた事は何でも従ったし、よくやったと思っている。他の兄弟は言う事を聞かなかったり、きっちりとやる事がなかったのではないかと思う。こうした事は、やはり、性格で私は社会へ出てからも言われた事は黙って従って一生懸命にやった。「出来ない」と言う前に自分なりに工夫して何とかやり遂げたと思う。

私が小さい頃は、当然、火を熾すのは薪である。朝、外で七厘に火を熾すのは大抵私がやった。小さな薪と新聞紙で火を熾す、これがなかなか簡単にゆかず、慎重にやらなければいけない。風呂を沸かすのも私がよくやった。母のお使いも私が一番やったのではないかと思う。小さい時は家計も大変だったが、よく私は母にねだって、映画館へ行くお金、紙芝居を見るお金、そうしたものを粘り強くねだっていたのを思い出す。

他の兄弟達は、そうした事は余り無かったように思う。特に私と同様に活発だったすぐ下の弟などはどうしていたのだろう。人一倍勉強嫌いで、かつ、暴れん坊であったから私より多く小使いを使う筈であった。

子供には反抗期というものがあるが、私の兄弟では、はっきり反抗期というものがあったのは私だけだったような気がする。

それは高校時代であった。何が原因だったか忘れたが、私は父とよく揉めたように思う。一度は手を挙げそうになった時もあった。それ以来、暴力沙汰になりそうな場面はなくなったが、今、思い返すと、思い出すのがイヤな位に不愉快になる。若気の至りとは言え、恥じ入るばかりである。

⑬

私が高校生になって暫くして、母は独身時代に女中をしていた会社へ私を連れて挨拶に行った。数十年振りに行ったのであろうが、きっと、母は私がそれなりの高校に入った事で、少し、母自身にも周囲に引け目を感じなくなったのかも知れない。東京大森の山王という所だったと思うが、立派な屋敷であった。その当時は母が「お嬢さん」と呼んでいた人が主で、どうやらお婿さんを貰っていたようだった。御主人は、ちょっと顔を出しただけであった。ここが先に書いた新井鉄工所である。

この「お嬢さん」が宮城道雄のお弟子さんで、その当時、お琴の先生をしていた。その縁で私は高校の友達と二人で、お琴を習い始めた。一年半ぐらいしか続かなかったが、それでも『六段』という曲目まで習った。或る時、先生が不在で、その娘さんで私より一歳年上の人に代わりに指導して頂いた。ちょっと緊張したが、練習を終えてから、「岡田さんは、こんな短期間で『六段』を弾けるなんてすごいわね」と言って誉めて呉れた。ほとんど間違っていないと言うのだが、何度も何度も間違えた記憶があり、納得していなかった。然し、彼女は、ほとんど間違わずに弾いた事に、少し驚いた様子であった。

もう一つ、印象に残っているのは、先生から、「あなたの音色は他の人にはない、良い音色が出ているわね」と言われた事である。私は何も工夫している訳ではないが、かなり後になって、こういうものはその人の本来の才能に依るもので、争えないものである、と納得するようになった。「芸の道」というものは、努力も去る事乍ら、本来の才能というものが大きく作用する。これはどうしようもない事のように思える。このような才能というものは、どんな事にも当てはまる、と私は考えている。良い事も悪い事も皆、この才能に依っている。それに、どう肉付けをしたり改造したりするか、というのがその人の課題であると思う。

先生の代理で娘さんに指導して頂いた時だったかどうかは憶えていないが、彼女の中学時代の同級生であろうか、何人かの男女の高校生が集まっていた時があった。偶然、私はそこに出喰わしたのだが、彼女はもう三年生だから当然、彼等の話は受験問題である。その中に日比谷高校の生徒が一人いた。私は、あの有名な日比谷高校の生徒に初めて身近で会った。彼女の友達であるから、全員、とても上品で知的な印象を持っていたが、特に、その日比谷高校の生徒には注目せざるを得なかった。彼は事も無げに、自分はクラスの中位の成績だから東大は無理だと思う。一橋ぐらいではないか、と話をしていた。もう、私の世界とは別世界で、私も彼等の会話に入れず、黙って聞いていた。と同時に、その彼が何となく気力の無い人だ、という感想を持った事を憶えている。

世界というものには様々なものがある。「上流階級の世界」、「成績優秀な人達の世界」、「金持ちの世界」、「中流階級の世界」、「貧困階級の世界」、「遊び仲間の世界」、「知識階級の世界」、様々な階級、種族の世界があって、その世界に依って価値観も同じように様々なものがある。「差別」や「格差」というものには、必ずしも悪い意味ばかりではない。差別や格差があるから社会が安定している場合もある、という事を認識すべきである。

人間は一般的には皆、上を目指して努力し、生きている筈である。差別や格差はあって当然で、それがあるからこそ、向上心のある者は上を目指す。そして、上に行けば、上の世界の人が、それなりに自分達の扉を開けて呉れる筈である。然し、誰もが、「どうぞ、どうぞ」とは受け入れて呉れない。それがあるからこそ、人間は努力するし、努力しなければならない。残念ながら、私には学歴最優先の世界には入れない。そういう能力は無いし、能が無いからそういう世界に入りたくない。

母は、よく私をあちこちに連れて歩いた。これも高校生の時、母は民謡を習っていたが、どういう訳か、一度、私をそこに連れて行った事がある。そこは、私の小学生の時の同級生の家で、私の家同様、大きな、そして私の家よりも立派な家であった。その同級生は私立の名門校で、中、高一貫の学校に通っていた。その家で、私は母と他の人達と一緒に民謡を習った事があった。きっと、母にとっては人前に見せられる子供は私だけだと思っていたのかも知れない。

私は内向的な性格だった為か、小、中学生の頃の自分の兄弟の事は全く記憶にない。一緒に遊んだりしたのだろうけれども、記憶の中に私の兄弟がほとんど出て来ない。兄の姿など全く出て来ない。すぐ下の弟と一緒だった記憶が僅かにある位である。弟とは、或る年の十五夜の日、私が小学三、四年生頃だったと思うが、彼が一、二年生位であっただろうか。すすきを取りに行こう、という事で、二人で、「原の山」という私の家の畑のある山へ行った。ところが、草木が背が高く、藪の中で道に迷い、漸く道らしき所に来た時には辺りはすっかり暗くなって、夜空にはまん丸のお月さんが出ていた。そして、その道を盲滅法に歩いて行ったら、見覚えのある駅に辿り着いた。そこは私の家の前の屏風浦駅から二つ先の弘明寺(ぐみょうじ)という駅であった。夜だから、そっと駅の端から上がり、電車に乗って屏風浦で降り、再び駅の端から飛び降りて、土手を下り、家に戻った。もうすっかり夜で、私も弟も何事もなかったような顔をしていたが、内心「つまらない十五夜になった」という思いであった。

小、中学生の頃の兄弟と一緒の思い出はそれ位しかない。きっと、いつも自分の世界にいて、その中にしか目も心も向いていなかったに違いない。

ところで、母の存在が圧倒的に大きくなるのは子供の学校問題の時である。私達の兄弟は、末っ子を除いて皆、勉強が出来なかったから、尚更、母の存在は大きかった。末っ子の時はもう家計もかなり楽になって居り、どちらに転んでも大した事はなかったし、彼が中学、高校、大学の時は、母の代わりに私がほとんど面倒を見ていた。末の弟は、私が高校での勉学及び大学受験の失敗を経験していたので、その失敗をさせまいとして、いろいろと指導もし、又、彼もよく私の指導に従って勉学に忙しんでいた。

兄は音楽大学へ行く、と言うので母があちこち忙しく駆けずり回った。何せ頭が良くないものだから、一年浪人をして、勉強は市役所勤めの叔父に教わり、ピアノのレッスンも本格的に習い、サックスホーンを東京芸大の先生に習い、武蔵野音楽大学目指して一年間ギッシリとやった。全て母がお膳立てをした。ピアノレッスンの為にピアノを買い、今思えば、両親も、兄の大学進学に真剣だった事がよく解る。

私の大学受験の時も、私はもう現役での進学を諦めかけていて、夜間の大学へ行く覚悟でいた。ところが、母が新聞広告で日本大学の補欠の受験案内を見つけ、明日が締め切りというのに、サッと家を飛び出して、入学願書の入手から受験に必要な書類を東京から藤沢と飛び回り、翌日までに揃えて、夕方ギリギリに大学に申請した。私は、これには本当に頭が下がった。母が私の人生を支えて呉れたのである。

受験の時にも、母は一緒について来て呉れた。ところが、試験が終って校舎を出ると母がいない。私は母が先に帰ったのだろうと思い、一人で家に帰った。暫くしたら母が帰って来た。そんな事もあった。昭和三十八年の事であった。まだ、当時母は和服で外出をしていたと思う。あの時、母の活躍が無かったら、私の人生は今とはかなり違ったのではないか、と今でも思っている。母の力、愛情は偉大である。

弟はどこを受けても駄目で、最後に、或る大学の附属高校で新設されたばかりの学校の補欠募集がある、と中学校で聞いたのであろう、その補欠募集に応募した。百人近くの中学生が受験したそうであるが、母の話に依ると、弟ともう一人の二人だけが入学を許されたそうである。母は、その受験の為に何度も中学校とその高校に足を運び、受験手続きを済ませた。そうした時の母の行動力には凄まじいものがある。弟は母が悪戦苦闘をして入った高校を一年で退学してしまった。そして、暫く、悪の道をさ迷うのであるが、母はその間、ずっと弟を心配して、悪仲間の所へ行ったり、知り合いの刑事さんに頼んで捜してもらったりした。そして、気がついた時には、どこかの子持ちの怪しい女とくっついて、ひょっこり家にやって来た。十七、八歳頃だったろうか。その後も、その女とあっちこっちでいろいろな場面を踏み倒し、その都度、連絡先は実家になっているので母が後始末をした。気丈夫であったが子供への愛情は、これも凄まじいものがある。そうして不始末をしたからと言って弟を責める事もしない。弟は年老いてから、そうした自分の過去を思い、母に対して本当に済まない、という気持ちを一層強くしているようである。彼も、少なくとも十五、六歳まではきちんとした家庭で育ち、躾をされて育っただけに、結局、立ち直り、まともな考えに戻ったのである。

　私が大学生の時、弟が高校生の時であっただろうか。何か悪い事をしたので、私が怒って「仏壇の前で正座していろ」と言った事があったが、彼は私に言われる通り奥の間の仏壇の前で私の許可が出る迄正座をしていた事があった。弟はとっくに忘れているだろうが。そう考えると幼少期から十四、五歳までの教育、習慣、躾が如何に大切か、痛切に解る。この時期にきちんとした育て方をしておけば、将来、大きくブレても自然と元に戻るものである。弟は若かりし頃の不行跡を今もって後始末している。

立派な事である。

　末っ子の弟は、それとは全く逆の事をしている。彼は末っ子であるが漸く我が家が少しずつ生活が楽になり始めた頃であったせいか、両親も小さい時から放ったらかしの所があったように思う。それと彼自身の本来的な性格というか、人間性とが相俟って、三男坊とは全く逆の行為をしている。それは、後で詳しく書く。

⒁

人は老いると、誰しも過去を振り返る事が多くなる。それは無意識の内の反省である。様々な経験を重ねる事によって、人の心は豊かになって行く。涙もろくなるのは、そうした経験に裏打ちされた、人の情けが解って来る証である。

長生きをする事の大切さは、そうした経験を次世代の人達に伝えてゆく義務がある、という事である。次世代の人達は、そうした教訓を自分のものにし、先代の人達よりも人間的に豊かになるように努力しなければならない。失敗をより少なくして行かなければならない。

母は当時のどこの家庭とも同じように、毎朝、仏壇へ水と御飯を捧げ、線香を焚き、手を合わせる事を欠かさなかった。時には私達にやらせて、私達も手を合わせたものである。こうした慣習も、今では一般家庭ではほとんど見られないようである。この源は、ほとんどの家庭がアメリカ同様、核家族となり、家族間の結び付きも希薄になったからであると思う。家の建て方も、日本の季節、風土に関係なく、仏壇、神棚を造る、と言う建築様式が、西洋文化型の安上がりな建て方によってなくなった。更に、家庭や家族の歴史が浅くなればなる程、慣習や仕来り(しきたり)というものが薄れてゆくのは仕方がない。欧米と日本の決定的な違いは、欧米では生活の中心にキリスト教というものがあり、それは神を中心に日々の生活がある。だから核家族になっても神への祈りの習慣は消えずに、きちんと存続する。

日本は明治の近代化の目標が西欧の真似であった為に、仏教を中心とした文化を破壊する所から始まった。そして、神中心ではないので、核家族となると、日々の伝統的な慣習は、あっという間に消滅してしまう。だから家族同士の結束も薄れて行くのである。その代わり、大きな慣習、例えば初詣とか、何かの祭りなどという大掛かりな魂を抜いた外部的な慣習が盛んになり易い。先祖への感謝の儀式、精神が薄れて行ってしまうのである。それでも、日本のそうした伝統的な風俗は、生活の深い所に定着しているので、それは、日本人の物の考え方の中にも深く浸透している。

例えば、食事時の儀式について、欧米に限らず、キリスト教文化の国では家庭では食前に神に感謝の祈りを捧げる。

最近、ひょんな事から、アメリカのTV番組『大草原の小さな家』というのを見た。丁度、私がアメリカがよく解らないので、アメリカの歴史書をかなり読んだ後だった。

このドラマは西部開拓時代を過ごした或る家族の変遷の物語で、その主人公が書いたものを映像化したものである。テレビ番組であるから、かなり美化して表現しているが、或る程度、アメリカの歴史が解っていると、その番組の演出の中に、当時のアメリカの有り様がよく見えて来る。この中で必ず決まって出て来るのは、食事前の神への祈りである。彼等の祈りは先ず、神への感謝から始まって自分達の願い事や心配事、行為の許しなど、いろいろと自分の都合よい結果になるよう祈る。

日本では食事前は通常の家庭であれば、「頂きます」から始まる。日本の「頂きます」は、食べ物に対する敬意を表す。「ごちそうさま」は、食べ物に対する感謝を表わす。

キリスト教の国では、全て神に感謝である。日本では食する物の生命への敬意と感謝である。僅かこれだけの違いが、双方の生活全般にとって、想像もつかない程の違いとなって表われる。物の考え方から始まり、それは行動を規制する。そう考えると、様々な物の見え方や考え方の違いが解って来る。これだけで日米の民族社会の違いは歴然として来る。その地域、社会、或いは国家の違いを理解する事が如何に大切か解ると思う。その地域や社会に根ざした物と違う物を植え付ける、という事が如何に難しく、間違っているかが解ると思う。今の世界の紛争は、それが理解出来ない欧米の人達によって引き起こされているのである。

私は高校時代に大きく成長した。それは二、三年時に同じクラスになった嘉山君との交流、そして、キリスト教会での多くの人達との交流に依る。然し、反面高校一年の後期から次第に学校の勉強に意欲を失い、むしろ教会での活動や聖書の勉強、又、嘉山君の影響による西洋文学、哲学の本を読む事に重点が移って行った。教会では、ほとんどの人が私より年長で、どうしたものか、そういう人達との交流が楽しく、考えてみれば十六、七歳にしては考え方が少し大人びていたせいかも知れない。一時は牧師にでもなろうか、と考えた事もあった位であった。一方、秘かに小説らしきものなどをノートに書いたりしてもいた。

中学一年の時、クリスチャン一家の友達に誘われて、今迄とは違う、別世界のような雰囲気に引かれて時々行っていた教会も、中学三年時には毎週行くようになっていた。居心地の良さを感じた原因の一つに、その友達の家庭の雰囲気があった。彼の家族にはイギリス人の血が流れていて、日本の家庭とは違う。何となく貴族的な文化の香りがあった。そして、教会では男女の交わりに何の違和感もなく、その目新しい雰囲気に新鮮さを感じていた。

高校生になると、教会の周辺に多くあるミッションスクールの女生徒達が沢山来ていて、そういう「異文化」の生徒達との交流が楽しかった。その中の何人かは比較的親しくなったりしたが、本来、私は内気だし、女性に比べれば余りに無邪気で、ワイワイと会話をしているだけで十分楽しく、女生徒ほど大人ではなかった。

ところが、それから十六、七年もしてから偶然、ＮＨＫテレビの「青春パートⅡ」とかの題名で、再放送版であったが、夜十時頃、吉永小百合が出たので、それを見てテレビを消そうとしたら、次の場面に懐かしい私の通っていた教会が写った。「おや、何だろう」と見ていたら、一人の女性が写し出され、教会の中に入って行って、そこでの思い出を話し始めた。その女性が誰か、暫く解らなかったが、話の内容から、当時、いつも私の周りから離れずにいた女子高校生だと気付いた。然し、私には、彼女の本名は知っているが、一体、何なのか、何をやっている人なのか解らず、その後、当時の私の知り合いに尋ねた所、その人は、横浜出身の或るグループサウンドのリーダーの妻だと言う。私は社会に出て以後、仕事に夢中で、余り、テレビを見る事がなかったので、よく解らなかった。彼女は作詞を担当していて、当時の大人気歌手の作詞を多数手掛けている、という事が解った。奇遇である。彼女の初恋の人が私だったとは……。

私は高校時代の最終番になって、徐々にキリスト教に対する疑問が出始めていた。そのきっかけは、例のクリスチャン家族の友人のすぐ上の兄さんの友達で、国立の水産大学の学生さんとの出会いであった。彼はキリスト教に対するアンチテーゼ（対立命題）のようなものを、よく私に話して呉れた。それに次第に影響されて、少しずつ、キリスト教への疑問が沸いて来た。宗教の中でも、特にキリスト教というのは統一した教義、世界観を持っているので、一度、その何処かに疑問が生じると、次々と連鎖して、キリスト教の世界観が崩されて行く。丁度それが私の大学受験期と重なり、然も、高校時代の不勉強と重なって、今迄「自分はやれば出来るんだ」と内心に自分を誤魔化して通して来た事が、「お前は駄目なのだ」と白日のもとに晒された。「俺はやれば出来るんだ」という言い訳は、中学時代、下宿をしていた辻村さんのもとで勉強が出来るようになり、結果、高校でクラスの成績一番であった事に起因している。この時の私の精神的な傷は、その後の私の人生に、現在まで付き纏っている。

然し、私はその時、自分をあるがままに見なければいけない。そうしない事がどれ程、自分という人間を狂わせてしまうかを悟った。以来、自分を評価する時、買い被ったり、卑下したりしないようになった。この深く傷ついた時、教会の同じ高校生のサークルにいた或るミッションスクールの女生徒に、心の支えを頼った。彼女は、その友達に言わせるとその高校の「ミス……」と呼ばれる程の美人であった。かなり以前から私に好意を寄せていて、その為に勉強が手に付かない、と悩んでいたそうである。

私はギリギリの所で、母のお陰で大学に補欠合格を果した所であったが、思い切って彼女に電話をして、自分にとって彼女が必要である事を打ち明けた。

結局、彼女は一年浪人をして慶応大学に合格した。私は浪人をしたら、恐らく大学へは行っていなかったであろう。大学受験の失敗と、今迄あったキリスト教的世界観が崩壊して、行き場を失いつつあったからである。これが私の高校の好スタートから沈む迄の三年間である。

だが、辻村さんが私に与えて呉れた「お前はやる気になれば、必ず出来る人間だ」という自信が、どんな時でも支えて呉れた。今迄、苦しい時でも音を上げず、粘り強くやり通して来れたのは、あの時期の勉強が与えて呉れたものであり、母の、あの大学受験申請の奮闘があったればこそ、である。

だから、人間は勉強でなくても良い。スポーツでも、或いはボランティアでも趣味でも、何処かで、何かで自分の存在感、優越感を持った事があれば、それが人生の苦しい時の支えになる事は明らかである。自分に自信とプライド（自尊心）を持ち続ける事が出来る。又、その時を思い浮かべて、辛い時、苦しい時を乗り越えるべきである。

中学時代に、或る先生が「一流高校でビリよりも、二流、三流高校で一番の方が価値があるんだ」と言った事を思い出し、本当にその通りだ、と思った。然し、もっと大切な事は一流高校でビリであっても、「自分は一流高校の生徒だったんだ」と考えて自信を持つ事も又、良いであろう。だが、社会へ出てみるともう一つ、「人格」。「人格」というものが大きな重みを持つ。いつでも絶対に必要なもの、それは、不断の努力と忍耐である。

私の高校時代、十五から十八歳の精神面での修養は私の考え方の根幹を成している。

私の初恋は、結局、五ヵ月位しか持たなかった。原因は、私の精神的苦闘が彼女の精神に伝播してしまうのではないか、という私の心配から、私の方から交際を断わった。彼女にとっては大変ショックであったようだが、当時の私には自分の苦悩が彼女に及んでは不幸になる、という心配の方が強かった。

彼女はその後、大学を卒業して或るテレビ局に入社し、その後、別のテレビ局に移り、何かの番組のアシスタントを何十年も担当していた。私が結婚してから数年経った頃、たまたま彼女が出演している番組を母と一緒に見ていた時、母は「お前はこの人と結婚するのが一番良かったね」としみじみとして言い、私も黙って肯いた事があった。母と私には、二人だけに通ずる何かがあった。

人生の行き違いというものは、いつも紙一重の差しかない。その紙一重の薄き違いが、一年、一年と少しずつ大きな違いとなって行く。彼女とはその後、何度か、結ばれそうな瞬間があったが、紙一重は遂に重ならなかった。

然し、私に関して言えば、私のような浮沈の激しい人生は、結婚した相手を不幸にしてしまう可能性があるから、その彼女と結婚しなくて正解であったかも知れない。浮沈の激しさは、私に課せられた運命である。

彼女は結局、独身で通したようである。彼女は高校生時代から、それなりの男性でなければ認めないような、そんな雰囲気があった。だから私も遠巻きにして、いつもさり気ない会話しかしていなかった。

私の大学時代は、日本が高度経済成長の始まりの頃であった。そろそろ横浜でも田舎に当る私の家の周囲も、都会の時代となりつつあった。今迄のような、ノンビリとした横浜から、徐々に都会らしい騒々しさと、欧米文明による、ギスギスとした雰囲気が漂い始めて来た。「法」というものが次第に前面に出て来て、私の家の広い土地も、境界がどうだこうだ、と今迄余り問題にならなかったような事が表面化して来た。私は大学の、私が在籍している研究室の教授にお願いして、大学の先輩に当る弁護士を紹介して頂き、種々のアドバイスを頂くようになった。この弁護士先生が大変有能な方で、研究室の教授の話に依ると、夜間大学を苦学して弁護士になり、当時、最高裁判所の司法修習生となっている、との事であった。その後、独立して、短期間のうちに大きく伸び、確か、自衛隊の裁判とかで一躍有名になった。然し、「出る杭は打たれる」で、何か弁護士法に触れるような事件に巻き込まれ、一時、弁護士活動から離れて謹慎するような事になった。この両方の問題共、当時の新聞沙汰になったように記憶している。まさに毀誉褒貶を地で行った、という感がある。

その年、母が「先生に年賀状を出すのを止めようか」と言うので、私が、「うちにとっては大変お世話になっていて、何も悪い事はないのだから出した方がいいよ」と言った。それで年賀状を出した所、巻き紙に、長文の挨拶状が届いた。母はびっくりして、私に「こんな手紙が来たよ」と見せて呉れた。内容は忘れたが、落武者の悲哀を味わっている事が切々と書かれてあった。

人の世の常で、良い時は周囲にサッと群がり、悪くなると再びサッと散って行く。烏合の衆の動きに私自身も少しく気分を害した。

そうした事を目の当りに見た私は、以後、絶対に調子に乗らないように、と心に誓った。自分が良い時に近付いて来る人間は、悪い時には離れる人間である。だから、それなりに接していないと飛んでもない事になる。又、困っている人を助けたからと言って、相手に何かを期待するような事は絶対にあってはならない。私の経験では、困って頼って来た人間を助けると、ほとんどの人間がそれを良い事に、裏切る事をする。だから、困っている人を助ける事は良いが、それ以上の事を考えてはいけない。要するに、深入りはしない事である。「人物を観る」という事が大変大切なのだが、いつも、そうばかりはしていられないのが人間だから仕方が無い。私は今は、助けを求められたら現在の自分で出来る範囲内で止どめている。それ以上の事を求められた時は相手に依る。

私の大学時代は、高校時代からサボッていた勉強を取り戻す事にほとんどを使ってしまったので、勉強の苦労しか心に残っていなかった。最近はもうないが、卒業してから二、三十年位は、大学時代の夢を見ると、目が覚めた時、一瞬「まだ大学へ行かなければならないのか」と思い、暫くしてから、「ああそうだ、もう卒業したのだ」

と思って現実に戻るのが常であった。

或る時、母が私の弟が川崎で世帯を持っているので、米を持って行ってくれ、と頼まれたので持って行った事があった。後年、弟がその時の事を話して呉れて、私が突然、米を担いで来たのには本当に驚いた、と言っていた。当時、例の得体の知れぬ女と一緒になっていて食べる物がなく、困っていたらしい。弟が母に助けを求めたのか、母が気にしてそうしたのかは知らないが、母は常に、陰で子供達の事を気に掛けていたのであろう。母親というものは本当に有難い存在である。

一番下の弟は、母に最も酷い苦痛と不幸を強いた子供であった。それは母への裏切りと同時に家族、一族への裏切りであった。母の生前に、「俺は岡田の人間とは付き合わない」と言い放ったそうである。その彼が、現在、我が岡田家の先祖代々の墓を管理し、母の葬儀をせず、我が家の菩提寺から「墓の管理を兄（私）に代わったらどうか」と言われて、拒否したそうである。辻褄の合わぬ事を平然とやる。

或る時、母が三男坊の得体の知れぬ女に、「あなたは何どし?」と聞いたら「猫年」と答えたと言って驚いたそうだ。大した度胸であるが、これは度胸でなく破廉恥なだけである。大分、後になって彼女が弟より七歳年上である事が解った。その後、弟はその女との間に二人の女の子を儲けたが、文字通りの「産みっ放し」という状態であった。連れ子を含め、弟の三人の子供の将来は、そうした育て方をしたら、子供はどのようになるか、の見本であった。これは、得体の知れぬ女だけの問題ではなく、当の弟の責任が最大である。

弟の、最初の子供が産まれて、二、三歳の頃に弟夫婦は実家から歩いて十分位の所に移り住んで来たので、母は彼等の子供達（孫）をよく面倒を見た。然し、楽になったのは彼等夫婦だけで、特に得体の知れない女だけが一番楽になった。だから彼等の日常生活は相変わらずひどく、特に彼等の子供達は悲惨であった。当時の弟家族の生活態度や子供達の環境を書き始めたら、いくら紙数があっても足りない位である。然し、我が家の後世の為に一、二、この本の読者の為にも、参考の為、少し書いておく。

当時は、私と兄は既に社会人、一番下の弟は大学生であった。母は和裁教室が軌道に乗っていたが、母は、その合間を縫って弟夫婦の子供達、即ち孫達が実家に来れば、一から十まで面倒を見ていた。

一方、弟夫婦は子供を放ったらかしたままノンビリと好き勝手に、特に女の方は遊び惚けて生活をしていた。然し、又、一方弟は弟で、この得体の知れない女に内心、心を痛めていたが、だからと言って自分から「三行半（みくだりはん）」を突きつけるだけの勇気も自信も無かった。別の面から見れば、優しい心であるのだが、早い話が決断力が無いだけの事であった。これが後年、彼が女と死に別れてから、別の苦労を背負い続ける事になるのである。

母は、今、考えると不思議だと思う事が沢山ある。この三男坊は高校中退をして以来、何十年も母の心痛の種であった。父がのんだくれの伯父の面倒を二十四年間見て、祖父が亡くなって漸く家から追い出し、自分の家と家族の平安を確立したのであるが、この私の弟である三男坊が、その不肖の伯父の跡継ぎとして、今度は母に、家族の苦労として、数十年間面倒を掛けさせる事になった。これが、我が岡田家が、現在の私達の代において離散してしまった遠因でもあった。

昔、母がよく言っていた言葉に、「家の二、三男がしっかりしている所は栄える。特に三男の出来に依る」というのがあった事を思い出す。我が家は、この三男が最悪であった。然し、現在は、それでも当の本人が遅巻き乍ら、亡くなった両親、特に母親に対して苦労を掛けた事を深く反省している姿を見ていると、私は偉いなと、心の中で納得している。

弟は、若い時の不真面目な生き方や生活の後始末を、ずっと続けている。それから逃げたり、放ったりはしていない所に、弟の精神が正常であり、さすが、岡田家の人間だ、という納得感を持っている。

母の不思議の第一は、こんな放蕩息子に対して、ひとつも本人を責めている所を見た事が無い事である。弟に限らず、私などに対してもそうだが、何か悪い事をして、人に迷惑を掛けたりしても、決して、子供を強く叱ったりしないのである。注意程度で収めてしまう。自分の子供を信頼していたのかも知れない。「うちの子なら、言わなくても善悪の判断は解るだろう」という気持ちがあったのかも知れない。あれだけ苦労や迷惑を掛けた弟に、強い口調で責めたり、突き離すような事は全くなかった。そして、連れ子であろうが、実の孫であろうが、全く区別せずに接していた。

私はそういう母を見ているので、他の家庭で子供を虐待した、などという話は不思議であった。私がこうした差別感をほとんど持たないのは、この母の、そうした態度を子供の頃から常に、身近で見ていた事に依ると思う。

⒂

大学をやっとの思いで卒業した私は、今度は就職で苦労をする。何故なら、就職活動などという事は、私の頭の中の片隅にも無かったからである。第一、大学時の友達は全て、お寺の息子か中小企業の経営者の息子。或いは伝統工芸の跡取り達であったから、就職の話題など一切ない。その上、私は三年時から卒論に取り組むと同時に、卒業に必要な教養科目の不合格分を満たす為に、早朝から大学の授業を受けに行ったりしていた。今考えれば、本当に「ノホホン」としていた。目の前に問題が出て来る迄、気が付かなかった。大学の卒業式を終えて、ひと息ついた所で、「そうだ就職だ」と気が付く程に、お目出たかった。

四月以後、家でブラブラしながら、然し、両親は何も言わなかった。その内、父が心配して、「まだ会社決まらないのか？」と言った位で、あとは何も言わない。然し、恐らく、母は相当に心配していたと思う。世間体もある事であるから、母の友達にも、どこかアルバイトでも頼んでいるようだった。五月頃だったか、母の友人の息子が大学生で、彼のアルバイト先を紹介して呉れた。肉体労働であったが、私はそれ迄、家の中で毎日、本を読んでいたので、いざ働いたら体力が持たず、一週間で辞めてしまった。然し、一度アルバイトをしたせいか、少し自信が湧いて来て、新聞広告を見て、或る食品メーカーにアルバイトに行く事になった。大分慣れて、アルバイト仲間も二、三人出来た。その内の一人が文学青年で、私より一年上で岩手から出て来てビクターに勤務していたのを、会社とうまく行かず、辞めてその工場にアルバイトで来ていた。岩手と言えば石川啄木の故郷である。彼もその影響であるのか、啄木張りの素晴らしい短歌や詩を書いていた。その所作までも啄木のようで、私とは大いに気が合い、親密に交際していた。こちらも文学大好き人間であったから気持ちが通じ合ったのかも知れない。

然し、母は内心、大変心配をしていた。和裁教室をしながらも、きっと、心を痛めていたに違いない。だが、決して、そうした心配を表に出す事はなかった。父は男だから時折、お酒を飲んで酔うと、ちょっと心配しているような事を口にする。母は絶対に口に出して言わない。母の不思議の二つ目である。

余り、両親から文句を言われない事が、当時の私には救いであった。本人は十分に、「これではいけない」と思っているのだから。

やがて、年が明けて、ふと気が付くと一年になろうとしていた。その頃、中央公論社の「世界の名著」から『マキャベリ』の巻を買って読んでいた。何故、マキャベリなのかは解らないが、当時の私には難しく、退屈な内容だと感じていた。然し、何故か、マキャベリという名前に曳かれて、一日二、三ページずつ位を読んでいた。つまらなく、難しいから、一時間に二、三ページ位しか読めない。それでも諦めず、時間があれば読んでいる内に、文章にも慣れ始めて来て、少しずつ理解出来るようになり、そうなると読む速度も進むのである。『君主論』を読み終え、『政略論』を読んでいた時だったろうか、中味は忘れたが、その中に「四面楚歌に陥ったら、じっとしていないで動け、動けば結果が出るから、その結果によって次の動きを進めれがよい」というような事が書いてあった。マキャベリだから中国の「四面楚歌」の話は出て来ないが、要するにそのような意味合いの事が書いてあった。この言葉が私の頭をガンと打ち、「そうだ、ただ黙って動かなければ、益々悪くなるばかりだ。先ず動け」と心に決めた。

それ以前に、大学の教授からも心配して電話を頂き、「岡田君、警視庁で募集しているから応募したらどうだ」と言われたりもしていたが、当時の私には警察は、もっての他であったから、「はあ」と生返事をしていた。

或る時、一番下の弟が、以前、鎌倉へ行った時に偶然知り合った人が、大阪の商業高校の先生で、たまたま、日本大学の先輩だった事もあって文通をしていた。私は、それを思い出して弟に、その人を紹介して貰い、全く面識も無いのに、住所と名前を頼りに大阪へ行った。そして、その先生の紹介で、ある小さな木材商社に勤務する事になった。今思えば、随分と失礼な行動であったが、彼の先生は快く受け入れて呉れて、家にひと晩泊めて頂き、翌日、何社か回った末、その先生の知人のいとこが経営しているという、その木材商社に無事、就職出来た。本当に人の運命というものは解らないものだ。その時は、いろいろな事が良い方向に動いていた。その会社は発足してまだ、それ程経っていなかったが、事業が成功して、日の出の勢いであったが人手が足りない時であった。

そうして、私の人生の恩人である辻村さんが大阪でオーダーメイドの洋服屋をやっていて、ここもやはり上り調子で事業発展をしていた。更に、会社の直属上司が大変有能な、人を使う事の上手な人であった。面接の時は総務部長が行なった。即時採用決定になったので、私はすぐに横浜にトンボ帰りをし、取り敢えずの物を持って、先ず辻村さんのお家に厄介になった。春、三月であった。会社の近くのアパートを借り、家財道具を送って貰い、出社前に、恐る恐る会社へ電話を入れた。もしかすると採用中止かも知れない、という不安を持ちながら部長に電話を入れ、「明日から会社に行きます」と言ったように思うが、相手は簡単に、「はい」で終った。然し、ホッとした。

丸々一年経って、四月から初めての会社勤め、私と同時期に中途採用で、大阪外語大学卒と同志社大学卒の三人であった。

私は、当初、社長が誰だか全く知らなかったし、部長も紹介もしなかった。だから、目の前に社長が居るのに、部長に挨拶をして、いつも帰って行った。

子供の時から私は、本当に気の回らない人間であった。これは、もともと無口で、引っ込み思案の性格から来ているのかも知れない。いつも頭の中では何かを考えているような、そして、一点注視的な所があった。

母はよく、「岡田の人間は皆、シャイ（恥ずかしがり屋）だから」と言っていたが、どうも、それが私には特に強いように思う。これは未だに変わらず、顧客先に行っても、自分の目指す相手に焦点を当てると、他の人が見えない。あとから気が付いて挨拶をしたりする事が度々であった。

私は、この会社に丸々四年間在籍したのだが、会社経営の基本、商売の仕方は全て、この会社の社長の指導と業務経験から出来ている。僅か四年とは言え、辞める時には、一年で三年分位、合計十二年位を、ここで経験したような気分であった。実際、それ程に集中して仕事も自己訓練もした。辞める時に、その会社の取締役から、「岡田君は、この業界では日本でも数少ない専門家だから勿体ないなあ」と言われて、「ああ、そうか」と思ったが次の目標に既に心は向いていた。

横浜へ戻って一番喜んだのは、何と言っても母である。かなり後になって母は、裁縫をしながら、「お前が大阪へ行った時は、お母さんは毎日泣いていたよ」とボソッと言うのを聞いて、「お母さんは寂しかったんだな」と思ったが、きっと、気軽に話す相手がいなくなったからかも知れないと、或いは、私には解らない、もっと違った感情があったのかも知れない。これは母にしか解らない言葉である。

私は高校生の時から母に、我が家の過去の事を、よく聞かされて来たせいか、いつの間にか、心の中に「岡田家再建」のような考え方が芽生えていた。これは、考えてみれば元来、私の血の中に、そのような秘めた闘争心と、儒教、仏教的な考え方が養われていたのかも知れない。「家の為」というような考え方が常に存在していて、それは恐らく、岡田家というものが、かつては、この辺りでは家格としては上位であった事と関係しているように思う。「出自」というものだ。それが私の考え方に大きく影響しているように思う。現在では以前に増して、江戸時代の武士的な考え方が強くなっているように思う。時々、自分でもごく普通の人達と親しく交わるのは無理なのではないか、と思う時がある。そういう気質が母と気が合う原因だったのかも知れない。

母は他の子供に接する時と私に接する時とでは全然違う。気を許しているというのか、安心して話せる、と思っていたのかも知れない。それでも、いつであったか、母は「お前と話をする時は、何となく気兼ねするねえ」と言っていた事があった。気安いが気安くない、と言うような事を言っていた。これはきっと私なら母の言う事をきちんと理解して受け止めて呉れるが、却って、心の中まで見透かされてしまう、というような感情から出た言葉かも知れない。

母は態度には全然見せなかったが、何かの折りに、ポロッと本音を見せる。私不在の四年間は、想像以上に寂しかったのだろうと思う。

大阪へ行って、最初の三ヵ月程は給料だけではどうしても三千円程足りなくなる。私はその都度、母に手紙を書き、仕送りをお願いした。末尾には必ず「母上様」と書く。私には当り前の言葉であったが、母にはこの言葉が、私の苦痛を物語っている、と感じたのかも知れない。これは、子としての親への敬意の印である。母の返信は必ず末尾は「母」であった。

⑯

さて、私が実家に戻ってから、母の和裁教室は次第に繁盛し始め、多い時には月に百人近く来ていたのではないだろうか。八帖間を二間使う時もあり、母は師範代を一、二人使っていたように思う。毎日、五人も十人も来ていた。和裁の練習台というか裁断台も、二メートル位はあったと思うが、二、三枚作ってあった。それを部屋に縦に置いたり横並びに置いたりして、その周りにお弟子さんが所狭しと並んで座っていた。

私が横浜へ戻ったのは、三男の弟が水道工事の職人をしていて、以前から独立して一緒にやらないか、と誘っていたからだった。私は大阪の辻村さんに、その話をしたら「あれはいい商売だと思うよ」と言って呉れた。辻村さんが工事屋さんに修理を頼んだら、大した工事でもないのに結構いい値段を取るから儲かるのではないか、と言う。それで私も、それではやってみるか、という事になって、大阪の会社を辞め、横浜に戻ったのである。

然し、この水道工事屋を始めるに当って、私は退職金をトラックの購入や作業に必要な工具等の購入資金に当てる予定でいたのだが、なんと！　いざ始めようと思ったら、弟が現在働いている会社に借金があるので、それを返済しないと辞められない、と言う。弟は事業を始める時から既に私を騙していたのであった。あれだけ母に苦労を掛け、得体の知れぬ女と一緒になり、然し、私は既に会社を辞めているので、もう引き返せない。そこで、当然の事ながら、又、母に相談をする。母は黙って、弟の借金を肩代わりして呉れた。私の頼みだから当然、弟にも文句は言わなかった。以来、二十数年、弟は陰に陽に私の足を引っ張り続けて来たのである。岡田家空中分解の直接原因ではないが、間接的、かつ、重要な要因であった。

現在、弟はその不行跡を反省して、遅きに失したが、母への反省と供養をよく考えている人間である。然し乍ら、その代償は余りにも大きく、きっと末永く、岡田家では語り継がれていく一事であろう。

こうして水道工事屋さんは始まった。当初は弟の知っている設備会社を頼って、一、二社の下請けをしていた。初めは横須賀。そこで、私はアパートを借りて二、三ヵ月程、次は横浜に戻って別の会社で数ヵ月。然し、これでは駄目だ、という事で、再び母に相談した所、たまたま母の友人が横浜市の管工事組合の事務長をしている、と言うので、その人の所へ頼みに行った。今度はしっかりした会社を紹介して頂き、漸く、安定した。これ以後は、私は積極的に事業拡大に走った。振り返ってみると、私は現在まで、常に前進、前進で、いっ時の休みもなく、次から次へと無理を重ねて来たように思う。何処かで、ちょっと止まって、しっかり地固めをするのではなく、目標に到達すると、すぐに次へ向かう。何故、このようにせっかちなのだろうか。何故、いつも焦った気持ちでいるのだろうか。今迄、ゆっくりと考えた事もなかったが、今頃になって、この事を考え始めている。時にはそうしなければならない時もあったが……。

遅きに失したが、然し、弟同様、気が付かないよりも気が付いた方が良いに決まっている。それを、自分の子供達や次世代に伝えていく事が重要だと思っている。

「いざ」という時には、常に母が私の後ろに立っている。

弟は得体の知れぬ女房にすっかり飼い馴らされて、嘘をつく事が当り前のようになってしまい、更に、自尊心も相俟って、母にも嘘をつくようになっていた。能力が無く、自尊心が強い人間特有の現象で、歴史を紐解けば、貴族社会に多く見られる。頭が良ければ、「権謀術策」という言葉で処理されるが、一般社会では許される行為ではない。

宗教では「嘘」を一番悪いと教えているのは、最古の宗教と言われているゾロアストラ教やその流れを汲むバラモン教、ヒンズー教、仏教に強い。仏陀は、もともとバラモン教の修行僧の出であるから当然であるが、私も「嘘は泥棒の始まり」と言われるように、人殺し（戦争）の始まりは嘘から、と思っている。

嘘は最初は軽い気持ちで始まるのであるが、この罪悪感の薄い最初の嘘が次の嘘を呼び、次第に大きく、深刻になって行く。麻薬と同じ経路を辿る。

釈尊は、物事をあるがままに正しく見る事が正しい判断につながる、と言っているが、これは、私が十八歳の時の大学受験で味わった挫折感で、イヤという程に解っている。私の人生最初の教訓である。以来、私は常にあるがままに正しく見る、評価する、と言う事に徹しているが、釈尊の言葉に触れて、尚一層、これが物事の判断の第一歩だと自覚している。それだけに、ごまかし、即ち嘘については厳しい態度で臨んでいる。

ユダヤ教、キリスト教、イスラム教は同じ流れにあるが、この三つの宗教の共通の聖典に『聖書』（旧約聖書）がある。その中に『モーセの十戒』というのがあるが、その十の戒めは最初に「他の神を信ずるな」から始まり、七番目に「盗みはするな」、八番目に「殺すな」、九番目に「嘘をつくな」とある。嘘は下位の戒めである。

現在、世界中の戦争や紛争の大部分が、この三つの宗教の世界に集中しているのは必然と言って良い。嘘を軽んずるから盗みや人殺しが多発するのである。欧米の嘘が、現在の世界の戦争、紛争の根源である。

仏教やバラモン教などの世界では紛争は比較的少ないが、ユダヤ教、キリスト教、イスラム教圏では非常に多い。これは嘘の罪深さを認識していない事による。アメリカのように、先進国と言われる中では比較的に文化の低い国では、国内における紛争も多いのは肯ける。


こうして私は大事な場面では母の応援を受けながら進んで来た。そして、私が三十五歳の時に父は亡くなった。丁度、七十歳の時である。早過ぎた死であった。

これは、父が「家」を守る為に全人生を賭けた結果であった。私はそうした父の日々の努力を見て育ったので、自然と父同様、「家」の繁栄、再興の為に、という使命感を常に持っていた。

これは、父の日々の実践と、母の言葉の教育の賜物である。だから「家」というものに一番重きを置いた行動を取っている。運命というより他はない。現在の日本では、ほとんど消えかかっていると思うが、逆に私は、この考えを子供達に残そうと思っている。これは言葉で教えて残るものではなく、日々の生活の実戦でしか残らないものである。これが風俗であり、これで日本は世界で最もバランスのとれた文化国家になったのである。

父が亡くなる前、いつの頃だったかは憶えていないが、私の家では跡継ぎ問題が表面化した事が無かったが、私の知らない何処かでこうした問題は出ていたようであった。私はそうした事にも無頓着で、はっきり問題として出て来ない限り、考えもしていなかった。第一、父は頑強そのものであったから健康問題については全く頭に無かった。突然、入院した時も全く心配していなかった。母は当時横浜市大病院の医師であった甥に種々と相談していたようだったが、家を支える大黒柱は母親である事は、いつの世でも変わりない。もし、母親が大黒柱でなかったら、それは母親の役割を果していないのと同じである。弟の女房は、真に、そういう女であった。子供が出来れば、亭主や他の子供に預けっ放し、一番下の子供は、結局、私の母に育てられたと同様であった。幸運であった。然し、母はその女に一度も苦言を呈した事はなかったように思う。一番可哀相だったのは連れ子の娘であった。ほぼ、弟と実母の犠牲になったと言って良い。勿論、虐待などをした訳ではないが、まともに面倒を見た訳でもない。これは虐待に等しい。弟には、その女との間に二人の女の子を設けたが、この女の子の時は、まだ、その女も、亭主の実家の手前、又、家も実家から遠かったので、多少の緊張感があったかも知れないし、私達も弟家族の日々の状態は見えなかった。内面は、その連れ子の娘に負担が掛かっていたのかも知れない。

この女が嘘つきである事は、「猫年」の一件以来よく解っている。弟の嘘つきは彼女からの伝播である。この性質は、もう今でも変わらない。弱い人間は、こうして、成長するに連れて嘘つきになって行く。母は父同様、あまりくどくどと言う性質（たち）ではなかった。私もそういう点では両親と同様で、しつこく言う性質ではない。比較的あっさりしている。

現代では、一番重要な位置にいる政治家が常に嘘を実践していて、職業としては、倫理的に一番信用されていない。

政治の世界では、貴族社会同様、その嘘の使い方によって、逆に高い評価を受けている。中国の春秋戦国時代同様、「合従連衡」のような権謀術数を駆使する者が高い評価を受けている。早い話が「騙し合い」である。私の考えの範疇では、彼等は「議員」であって「政治家」の範疇に入る人はほとんどない。政治の世界のこうした風習は、米欧から来ているように思う。キリスト教を基調とした西欧文化であるが、日本の儒教を中心とした、神道、仏教の混在した文化とは大分違う。神中心という考え方が日常生活の中に深く根付いていて、日本の仏教、神道の比ではない。モーセの「十戒」を見ても解る通り、戒めの第一は「他の神を信ずるな」である。その分、こういう言い方は失礼かも知れないが、「神」を自己の都合に合わせて使い回している嫌いがある。

アメリカには、「ワスプ」(WASP＝ホワイト、アングロ・サクソン、プロテスタント)という言葉があって、この「ワスプ」の条件に合った人が正統アメリカ人であるという基本認識があるそうである。アングロ・サクソン人が世界の最優秀人種である、というのは米欧各国の共通認識である、と言う。

西欧は約五世紀のローマ帝国瓦解以来、その狭い地域で互いに争い合って、二十世紀初頭まで戦争に明け暮れていた。その為に戦争の武器の発達が他地域に比べ、大きく伸びていた。その結果、遠洋航海に必要な羅針盤が開発され、十五世紀以降、ポルトガルを筆頭として、全世界に出没するようになる。そして十七世紀からイギリスが世界を支配し、二十世紀からはアメリカが世界を支配するようになった。そうした「武力」の結果、アングロ・サクソンが世界の最優秀の人種である、という考え方が定着した。その認識が今日まで続いている。

然し、私は違う認識を持っている。歴史をよく勉強していると、どうも、アングロ・サクソン人が最優秀だという考えは、独りよがりの感じがしてならない。彼等の優秀の基本は文化ではなく、武力を基準とした科学技術の先進性に立脚している。科学技術の優秀さと文化の高さとを混同して考えているから、自分達の人種は世界一だ、と錯覚している。その認識に立って、他の世界を教育、指導をしてやるのが、「彼等未開人の幸福」だ、と思い込んでいる。

隣国との戦争で武器が発達し、それを野放しにしては国内の統治が保たれない、と言って政治や法律、経済が進歩し、結果、その社会が発展しゆく、という経過を辿っている。

然し、支那中国や日本、朝鮮の東アジアでは、西欧ほど頻繁に戦争は起きていず、比較的平和の時代が長い。裏を返せば、武器はそれ程必要はない。逆に平和の中に高い文化が醸成されて来た。争いの中から醸成されて来た文化と、平和の中で醸成されて来た文化とは根本的な違いがある。

然し、それが十八世紀になって、争いで成り立って来た文化国家が、平和で成り立って来た文化国家に乱入して来たのである。戦争になれば、当然、西欧の方が強いのは当り前で、それが、帝国主義国家、植民地主義国家の時代の成立となった。

大分、話が外れてしまったが、三男坊は私と一緒に水道工事の仕事をして、次第に従業員も増えて来たと同時に、今度は私の足を引っ張るような行動を再三再四するようになった。弟の私生活の方は実家の近くに家を借りて住むようになり、給料も毎月安定して入るようになったので、生活はほぼ安定していたと思うが、生活態度は女房が酒呑みの遊び人で、実際には母親として妻としての自覚は全くなく、弟も自分一人ではどうして良いのか解らず、結局、子供は放ったらかしで、連れ子である娘は学校もロクに行かなかったようであった。

私は、弟夫婦にいろいろと足を引っ張られながらも、表向き、弟と二人で協力して会社を盛り立てて行った。

母は弟家族が近くへ来たので、和裁教室をやりながら、弟の子供達の面倒を見ていた。まさか、弟の家まで行って面倒を見る程の出しゃばりではないから、孫が毎日実家へ来れば、出来る限りの面倒を見ていた。こうした家族愛は、普通の家庭であれば、どんなに時代が変わっても変わらない。それが庶民というものであろう。母は男勝りであったから、多少の大変さには負けない。いつだったか、母は何かの占いをやってもらったらしく、その占い師から、「あなたは男に生まれていたら事業に成功していたわ」と言われたそうである。母は、そうした占いが好きなのか、時々どこかで観て貰っていたようだ。私の事も、二、三度観て貰ったらしいが、結構、当っているのである。

父が亡くなる前に、丁度、私と弟二人が居る所で、母が、長兄が私が跡を取るなら財産分与してもらわなければならない、と言っていると告げた。私は、岡田家の土地は一枚であるから、土地を分散したら、その価値が半減してしまうから、それなら、一番下の弟に代わりに跡を取らせ、兄には金で処理するのが良いのではないか、と提案し、末っ子に、「お前は金の管理をしろ、俺はこの土地を生かす事をするから」と言い含めて、父が亡くなった時の家族の話し合いの折に、そのように提案した。父の持っていた、かなりの現金と有価証券は全て母が引き継ぐ、という事で一件落着となった。

然し、その後、これが岡田一族が離散する原因となった。私の一人合点の軽率な判断であった。

一番下の弟は末っ子という事もあって、家では父も母も、小さい時から余り手を掛けている様子はなかった。弟は、子供の頃は学校でも良くもなく、悪くもなく、といった按配で、比較的気楽に育っていたように思う。勿論、私達もまだ、それ程大きくはなかったから、弟の普段の様子などは知るべくもない。学校から帰れば、子供達はそれぞれの友達と遊ぶし、小・中学生位の時は、兄弟よりも自分達の事に夢中だから、案外、他の兄弟が何をしていたのかはよく解らない。私の兄弟は、他の兄弟と違って、いつも一緒にいる、という事はなかった。そして、末っ子が中学校へ行くようになって、初めて、弟の勉強を私が見るようになった。すぐ下の弟は不良になって家に寄り付かなかったから、必然的に私と末っ子とはいつも家に居る事が多く、自然と私が弟の勉強を見るようになった。これは、私が大学受験で失敗した事が、私自身に、弟には失敗させない、という気があったので、自然と弟の勉強に力が入るようになったのである。逆に両親にとっては、私が弟の面倒を見ているから、当面は何の心配もしていなかった。又、弟も私の言いつけをよく守って勉強した。特に高校に入ってからは尚更であった。

弟は大学院で、当時、かなり高名な教授に師事する事になったが、不幸にして、その教授に師事して一年程で亡くなってしまった。然し、弟を指導出来る先生がいない、という事で弟は名前だけ、若手の教授の研究室に在籍する事になった。そこで、修士、博士の計五年間在籍した。その間に、その研究室の他の院生に、独語や英語を教えたりしていたらしい。弟が大学院生時代に発表した研究論文は大方、学会の研究資料として登録され、その大学では院生の論文が研究資料となるのは弟が初めてらしく、大学でも驚きであったようである。

この頃が、母にとっては一番良い時期であったかも知れない。私は結婚して間がなかった。すぐ下の弟は、最初の得体の知れぬ女房が、丁度、弟の十代の時と負けず劣らずの放蕩をやった末に、どこかで肝硬変で亡くなった。弟は後に、「本人には悪いが、本当にホッとしたよ」とよく言っていた。彼は放蕩の割には情が厚く、離婚もせずにいた。その女房が亡くなった頃は、既に弟は私の会社を辞めて別の会社に勤めていたのか、自分で独立してやっていたのかはよく知らない。ただ、弟が私の会社を辞める時、私は二度と会社には入れない、と心に誓っていた。困って来たら下請には使ってやろうとは思っていた。

そうした或る日、私の会社の事務員から電話があり、突然、「会社を辞めます」と言って来た。私はびっくりして「何で?」と聞くと、「彼が辞めろ、と言うので」、「?」、私は彼が誰なのか解らず、然し、聞くにはためらいがあり、「解った」と了解した。後で解ったのだが、その「彼」というのが私のすぐ下の弟であった。弟が、いつ私の会社の事務所に顔を出すようになったのかは全然知らなかった。又、弟も、その女子事務員と「いい仲」である事を私にも告げず、結婚するとも、したとも、その後、何も言わず、いつの間にか一緒になっていた。

母はカンカンで、弟を責めるよりも、その女子事務員の非常識を怒って、大分長い間、私に文句を言っていたが、私は弟が出来損ないだから、却って良かったと心中思っていた。それで母に、「お母さんいいじゃない。弟はあんな者だし、却って良かったんじゃないの」と言ったら、母も、はっと気が付いて、「そう言えばそうだね え」と納得して、以来、全く文句を言わなくなった。そういう点は、私も母もよく似ていて、納得したら、いつまでもああだ、こうだと言わない。

弟は、その二度目の女房とは一子、女の子が出来て、さすがに今度の嫁さんはしっかりしていたから、弟も立ち直り、子供も良い子に育った。弟の最初の女房の一番下の、母が幼い時から面倒を見ていた女の子も引き取って、この子もきちんと育てて呉れた。

最初の女房の嘘には、母も閉口していたが、結局、弟も、その女房の影響で嘘をつくのが上手になり、母も弟については、「あの嘘つきが」と散々に言っていた。嘘をつく人間は絶対に信用出来ない。

母も漸く、束の間の平安を得た。一番の頭痛の種であった三男が、漸く落ち着いた事が、この時期、母にはこれ、と言った心配はなかったように思う。父が亡くなり、然し、三男は落ち着いた。あとは末の子供がどうなるか、であるが、大学院でも優秀であったから、当面心配は見当たらない。

父が亡くなって、母は父の有難さが一段と解ったとみえ、「本当に、お父さんには感謝しなければいけない」と何度も、しみじみと言っていた。

父が残して呉れた岡田家の幸福の種を、いよいよ、私が芽を出させる時が来ていた。

母の和裁教室は益々繁盛して、孫の面倒も見なくなった事もあって、母の平安の日々は続いた。跡継ぎも、私の代わりに末っ子の弟に継がせた事で、兄弟間で争う事もなく、無事通過した。父の残して呉れた不動産をどう生かすか。私の目的は、お家再興である。どうすれば一族が皆、幸せになれる。これが私の目標となった。

⒄

父亡きあと、岡田家再興の為に残して呉れた一等地を開発するについて、その前にする事が沢山あった。先ず第一に、私自身がその経験を積まなければならない。父の生前に、或る医師に貸してあった土地が、たまたま、隠退、廃業する事になって、その土地が戻って来た。私は父に相談して、そこに、鉄骨造りの店舗付アパートを建てたい、と相談し、父が了解して呉れたので、更に、私がお世話になっている農協の金融担当のAさんと言う人に相談した所、快諾を得た。このAさんという人は、私が、その後、様々な経験を積む事になった基点ともいうべき人で、この人の引きで、私は横浜の枢要な位置にある人達と繋がり、測り知れない勉強と経験をさせて頂いた。

辻村さんという人が、私の人生の基点であるならば、Aさんという人は、その実戦の場を与えて呉れた人である。あとは、当の私が、それ等をどう生かすか、活用するか、である。

この店舗付住宅の建築は、Aさんの紹介で、農協と取引の深い建築会社に依頼して建てた。これは、私が自分に実績と経験を積ませる為に試験的に計画したものである。Aさんにも相談しながら、事業計画を立て、借り主探しを不動産屋に頼み、店舗を借りる相手を先に決め、それから建てた。

この一軒で、私は賃貸物件のノウハウを或る程度身に付け、そして、父が亡くなってから暫くして、いよいよ本番へと進んだ。確か六、七年は掛かったように思うが、いろいろと当った結果、私の親がわりのようになっていた、横浜市の政界の長老さんから、その人の甥に当る人がビッグプランを持って来て呉れた。それは総合病院を建てる、と言うものであった。その長老さんは、非常に慎重に事を進めて呉れて、「岡田に万一の事があってはいけないから、別の所で、総合病院を建て、その成功が確認出来たら、岡田の所にやらせる」とその甥に言い渡した。その病院は、実は、日本一の病院組織で、当時の話では世界の三本だか五本だかの指に入る巨大病院組織であった。業種柄、目立たないように、名称分散してあった。企画、設計は、その甥御さんの設計事務所が担当し、私は自分の土地の整理統合をする事になった。貸してある土地を如何にして返して貰うか、又、現在ここに住んでいる人達をどのように処理するか。貸してある土地には、それぞれの貸地人が自分で家を建てているので、その処理も大変であった。そうこうして、兎に角、無事、整理統合出来た。

その間に、末の弟が結婚する事になり、これも又、三男の時と同様、突然、母から末っ子の結婚が決まったと告げられ、ついては親族間の顔見せをする、という事で或る場所で両方の親族の顔合わせをした。花嫁は母の和裁教師仲間の一人からの紹介だと言う。

私は母から、彼女の職歴を聞いて、私にとっては余り良いとは思われない職種だったので、又、母もそれを解っていて、ちょっと弁解らしき事を言っていたが、私は黙って聞いていた。既に決まっている事に表立って異論を差し挟む訳にはいかないからである。

顔見せで、初めて弟の嫁となる女性に会ったが、一瞬、違和感が走り、何となく嫌な感じがしたが、その時は「まあ、弟の嫁だから」と心に納めていた。然し、最初の予感が当り、これが岡田家の墓穴を直接掘る事になった。結果的には、母も寿命を五年から十年早める事になった。それは追い追い書く事にして、取り敢えず、その後、結婚式を挙げて、弟は所帯を持つ事になり、当然、母も一緒に住む事になった。

当時、私の会社には、例の長老さんの甥御さんの紹介で、或る銀行出身の人を紹介された。その人を採用して欲しい、と言うので採用する事になった。私よりも十歳年長で、その人の父上は、都市銀行の常務までされた、との事であった。今の私なら、そんな本人の資質や人格とは直接関係ない事を言われても動じないが、当時はまだ三十代でもあり、そういう環境歴を聞いて信用しても良いだろうという判断であった。然し、父親がそれ程の人なら、何も途中で銀行を辞める事はないだろうし、何故辞めたのか、も聞いておいても良かったかも知れない。

私の計画は表面上は順調であったが、その裏で、次第に不運の種が蓄積されて行った。

運気には流れがある。別の言い方をすれば運命、或いは天命とも言える。それは川の流れのようなものである。

最初は小さな流れから出発するのだが、流れているうちに、周囲の流れを集め、次第に大きな流れになって行く。途中、ちょっとした障害物でもあれば、それを避けて流れるか、或いはそれを呑み込んで流れて行く。又、そうしながら、その時の運によっては、別の流れに呑み込まれて行く。人生にも同じような事が言える。

私の人生も、又、岡田家の命運も、私の身代わりに末の弟を跡取りに決定した時に、既に、私達の生きている間の事は決まっていたのかも知れない。私にいくら能力があろうとも、一度、そのように決めてしまうと、跡継ぎの権力はいつの間にか一人歩きをし始める。これは、あらゆる場面に通用する真実である。特に法治国家主義の現代においては尚更である。法が、規則が、時間の経過と共に一人歩きをする。

企画設計会社の社長の紹介で来たその人は専務取締役待遇で仕事をして貰う事になったのだが、数年後、その紹介者の社長から、話があるので来て呉れ、と言われてその事務所に行った。その社長が言うには、その専務から、私が仕事をきちんとやっていないので、もっと仕事に精を出せ、と言う事であった。

私の会社は、当時その社長の引き立てもあって順調に業績を伸ばし、横浜の業界ではかなり知られた注目企業であった。

そうした忠告が数度あった後の事である。再び、その社長に呼ばれて、末の弟と一緒に事務所に行った。その社長は、我が社の専務が、最近、仕事に関係のない人達にまで私の悪口を言い始め、社長交代まで口に出したそうである。その社長と当の専務は横浜名門ゴルフクラブの主要メンバーであった。設計会社の社長は、その専務に、そこ迄言うなら、使われている者の方が辞めるのが筋だ、と言う事になり、私に「どうだ、専務を辞めさせるか」と言うので、私は「本人が改心すれば、今のままで良いと思います」と答えた。社長は「何でお前は専務について、もっとよく俺に言わないんだ」と言うので、私は「仮にも我が社の専務ですから、僕が内部の人間を外部に悪く言う訳にはいきませんから」と答えた。「じゃあ、元通りでいいんだな」。

帰り道、車の中で弟は、「専務は俺に、社長を辞めさせよう、って言うから、そこまではやり過ぎだって言ったんだ」と言った。私はその言葉を聞いて、内心、「ああ、そういう事か、弟はその寸前まで専務に同調していたのか」と思い、弟が生まれてから三十数年、常に一緒にいた私を信用せず、僅か二、三年の交わりしかない人間の話を信用していたのかと思ったら情けなくなって、弟は信用できない、という確信を持った。然し、既にその時は遅かったのである。

その後、専務は、それから一年位の間に会社の主力の人間と共に集団で会社を辞め、独自で事業を始め、それも二、三年で倒産した。既に私の運気は確実に下降期に入っていた。

然し、そんな事があっても、表面上は順調で、病院建設も順調に進み、遂に完成した。これで岡田家は余程の事が無い限り、安泰で更に繁盛する、筈であった。

ここから、私の後継者選定の判断の誤りが表面化して来る。

母は弟夫婦と同居して数年もしないうちに、この嫁は失敗だった、と気付いたようであった。勿論、そんな事は私に言わないが、時々母と会った時の雰囲気で解るのである。

然し、嫁も失敗であるが、当の弟本人に対する私や母の見方が、そもそも間違っていたのである。相手の嫁を責めるよりも、それに呑み込まれた弟の無能を見抜けなかった私と母こそが、責められなければならないだろう。

私は弟の嫁に、最初に会った時に違和感を持っていたので、余り近づかないようにしていたが、弟から、その動静を時々聞いて、予想通りだな、と思っていた。と言うのは、結婚し一、二年の内に、彼女の家族全員が千葉から横浜へ移り住んで来たからである。

母は、弟夫婦と一緒に住んでいたから、その間の事情は当然、知っていただろうが、恐らく、その時に、はっきりと自分の見立てが間違っていた事を悟ったのだろうと思う。

一方、私はその話を聞いて驚くと同時に、「あの人達は流れ者だな」と直感した。恐らく母はもっと深刻に受け止めていたかも知れない。日々生活を共にして、嫁の性格もしっかり把握していたであろうから。

私の失敗は、弟を身代わり跡取りにした事。母の失敗は、きちんと調査せずに、見合いで弟に結婚相手を世話した事。これがはっきり表面に出て来たのは、病院完成から暫く経ってからである。私達の周辺に、金目当ての話が頻繁に来るようになって来た。私は経験上そうした事に簡単に動かされないが、弟は、何の経験もなく、あの「専務の一件」で解るように、極めて軽率な一面があった。

或る時、弟から、或る人物に数千万円の金を貸したが、返して呉れないと言う。契約書も、見返りの担保も取らず、それは青天の霹靂であった。相手は私の大学時代の友人が経営している会社であった。弟にとっては、一、二度会った位の、ほとんど知らない人物である。彼等が、どのようにして接点を持ったのか、私には全く解らなかった。

私の迂闊は、こういう所にある。すぐ下の弟の結婚といい、末の弟の結婚といい、弟と専務の密談といい、私の欠点は、こうしたちょっとした迂闊にあった。そして、更に目を凝らして見れば、我々一族が、気持ちの上でバラバラで、それを統括すべき立場にあった私に断固たる指導力が無かった事である。

運気の下り坂は徐々に、然し確実に速度と規模拡大を早めて行った。すぐ下の弟は陰に陽に私の足を引っ張っていたが、末弟も専務の一件以後、次第に、又、無意識の内に私の足を引っ張るようになり、それは、次第に意識的となり、最後は弟二人が共同で私の足を引っ張るようになっていった。

末弟が良く見えたのは、私の言う事をずっと守ってやって来たからであったが、結婚して私の下から離れ、女房の下に入ってからは、失敗の連続であった。私はその都度、尻拭いに走り回る事になった。

この頃から、母は何となく表情に笑いが失われつつあったように思う。然し、母は自分が連れて来た嫁であった為か、私には弟の嫁の悪い所は一切言わなかった。母が亡くなってから、私の娘が、「お婆ちゃんが、お金を全部、おじさんに取られちゃったって言ってたよ」と話して呉れた。

この末弟の嫁も又、大嘘つきであった。それが解ったのは、私が弟と訣別してから十年程して、或る事を母から聞いた一件からであった。

私が弟と訣別をしたのは、或る日、弟から話があるから来て欲しい、と連絡があったので、彼の家へ行った。そこには、弟夫婦と、もう一人の弟、そして母が待っていた。弟は理由は言わずに兄弟の縁を切る、と言う。もう一人の弟は、札幌で営業をしていたラーメン店を欲しかったら譲る、と言う。私はそれを断わって、反論もせず、黙って引き下がった。明日から、又、一から出直しである。五十歳であった。母は、その頃既に弟夫婦、特に嫁に牛耳られていて何も言えなかった。母がどんな表情をしていたかは、見なかったから解らない。然し、既にその頃には、母自身の失敗で、自分自身も窮地に陥っている事を十分に自覚していた筈である。

⒅

私は弟二人に、岡田家から追い出された。不安を感じるより、次、どうするか。そちらの方に気持ちが向いていたように思う。

母が弟夫婦の所で、どの程度ひどい扱いを受けていたかは解らないが、それから十年程して、母が自宅の屋上で風に煽られて腰骨を骨折し入院した、と聞いて、十年振りに再会した。このニュースは、すぐ下の弟から聞いた。その頃、弟は既に末弟から縁を切られていたようであった。

その後、弟は再び、何かあると私の所に相談に来るようになった。

母は近くの公立病院に入院し、完全に治る寸前で、末弟の嫁の計いで、少し遠い所の施設に入れられた。当初、病院では、嫁の処理の仕方に担当の医師がひどく怒っていた、と母は言っていた。母は同じ横浜市内とは言え生まれて初めて、九十歳を越してから、全く知らぬ土地の施設に入れられて、いっ時、気が変になったようであった。

こうした様々な経験は、私自身にも、老人の感覚が、どういうものか、良く理解出来るきっかけともなった。老人の環境の変化に対する機微、というものは、その年齢、その状況にならないと解らないものである。私は母の、あの時の状況、状態を見て、深く心に刻むものがあった。

翻って、もし自分が母と同じ目に遭った時は、と心構えをし、覚悟を決める事が出来た。然し、他の人には、絶対にそうしない、とも誓った。

私は何度か、そこに見舞いに行ったが、その間、母は弟の女房から、もう家には戻さない、と言われ、暫くしてから、末弟からも家には戻さない、と言われたそうである。私と三男は、時々、母を連れ出しては、あちこち連れて回った。私と弟は、母に、私の家に来るように何度も言ったが、生返事でなかなかはっきりしない。後で解ったのだが、もう母には弟夫婦には何も言えない程、脅えていたのだった。

その頃だったか、ふいに母が思い出したように、「十年程前に、お前の小学校の同級生から、お前の連絡先を教えて欲しい、と言って来たんだけれど、うちの嫁さんから、以前、その同級生に会った時に、前回の同窓会で、岡田さんは少し頭がおかしくなったみたいだ、と言われたらしいので、その同級生に教えなかった」と言った。私は早速、古い同級生名簿を引っ張り出して、その同級生に連絡を入れた。彼女が言うには、弟の嫁さんには会った事も、口をきいた事もない、と言う。それで、弟の嫁が、かなりの嘘つきだと言う事が解った。

母は、他の人には兎も角、私には弟の嫁の悪口は絶対に言わなかった。それは、自分の紹介で来た嫁だから、という強い責任感、罪悪感があったからだろうと思う。

その後、千葉の君津の山奥の老人ホームに入れられた時、母は私に「三百五十万円あった現金は全部（弟に）やったよ」と言ったので、私は思わず、「何でそんな事するの」と言ったが、後で考えてみれば、それは、やったのではなく、最後の手持ち迄、取られたのであった。父から引き継いだ、かなりの現金と有価証券は既に取られ、用が無くなって老人ホームに入れた時には、母の全ての所有物を取り上げたのだった。

老人ホームは、考えようによっては隔離室である。携帯電話を母に持たせたが、いつの間にか老人ホームを通じて取り上げられ、私達との連絡も遮断されてしまった。

当時は、私も何も解らなかったが、後でいろいろ思い返してみると、「そうだったのか」と思い当る事が沢山出て来た。私は、そういう面でも、良く言えば「お人好し」、悪く言えば「ボンクラ」であった。

然し、この末弟を見ていて、以後、知識人とか教育者とか言われても、それだけで人物を評価しないようになった。

知識人や教育者などと言うのは職業である。科学者は職業である。議員や企業経営者も職業である。その職業と本人の人格は別物である。私の考えでは、政治家、教師、医者は聖職者でなければならない。少なくともそのような意識を持つ人間を養成しなければならない。

ドイツのカール・マルクスやマックス・ウェーバーの出現以来、何となく、全ての事が「職業」と言う、一段低い位置に整理されてしまったが、もう一度、検討し直す必要があると思う。

先にも書いたが、秋篠宮家の奥方の父上は大学教授である。然し、それは、秋篠宮の奥方の評価の基準にはならない。秋篠宮の子供時代の姿を見て、私は以前から少し違和感を持っていたが、そのお相手になる人も、初めて見た時に違和感を憶えた。そして、三十年後、やはり、思っていたような、皇室にとっては余り捗々しくない事態が起きた。

皇嗣問題で「有識者会議」なるものを設置して、この少子化時代に男子一系の不安から皇室典範の問題を検討した結果、問題先送りとなった。これなどは、有識者が役に立たない典型である。知識はあっても、これを役立てなくては有識者の資格は、もうそこにはない。

秋篠宮は若い時から、いろいろと問題があった事は知る人ぞ知る、である。私は自分の末弟と同じものを見ている思いがある。「制度」で、今上天皇の次は悠仁親王になっているが、彼も、ひと目見れば、そして、その教育方針を見れば解る通り、果してこの重責を担えるのかな、という不安はある。

天皇という存在は、国家の象徴という範囲を越えているのが現代日本である。イギリスなどとは重みが違う。日本政府が、二十一世紀以降、目立って国民の信頼を落し続けている中で、何とか国民が結束して来れているのは、現在の上皇、天皇の存在があるからである。平成の天皇は昭和天皇の御意志を汲んで一般国民の為に努力され、信頼を勝ち得た。現天皇も、私は当初、少し心配であったが、着実に国民の信頼を得つつある。

権力を持たないから、尚更、天皇御自身の徳性を磨かなければならない。そうした努力がなされた結果が尊崇となる。その点で現天皇ご一家の方が、新しがり屋の秋篠宮よりは遥かにしっかりした帝王学を実践しているように見える。それは両家の子供達を見れば、一目瞭然である。現天皇が御健在のうちに、皇室典範は改革すべきであろう。明治維新前に帰っても良いように思う。

私から見れば、政府も、官僚も、そして、有識者会議も無責任である。

秋篠宮真子さんの結婚で、名前や職業は憶えていないが、確か、女性であったと思うが、新聞で小論を出し、真子さんの勇気や決断を高く評価し、束縛されている世界から、よくぞ抜け出した。というような事を書いていたが、皇室の内面をどれだけ研究しているのかは知らないが、私からすれば、「一般人が何を言ってるんだ」という気持ちであった。

生まれは天命である。そして、その環境、境遇に生まれた時から、良い事も悪い事も全て育まれて来る。三十歳を過ぎて自由があるとか無いとか、環境のせいにしてはいけない。又、そうした教えを両親がしてはならない。一般人の感覚で皇室を批判するのは無礼で、皇室の感覚で批判、評価をしなければいけない。日本の皇室の中での自由の在り方、一般人の中での自由の在り方は基本的に違う。米欧流の粗削りな自由規範で全ての物事を見るのは、お門違いというものである。

この問題は、今の「自由民主主義」が、これだけ定着している日本では「制度」だけでは許されない問題である。既に「制度」を越えている。もう少し深刻な言い方をすると、今後の皇室の存続に関わる程の重大な問題を、今日の「真子さん騒動」は提起している。それも、相手側の問題が皇室レベルでは余りにもひど過ぎたきらいがある。

　この相手の親も嘘の常習者のようである。「嘘」については、特に東洋の宗教では、良くない事の第一に挙げられている。


　母は老人ホームに入所してからは、すっかり笑顔が失われた。使わなくても良かった車椅子を使って歩くようになっていた。

　あれ程、家の為、子供の為に尽くして呉れた母への贈り物は、身内から、生まれ故郷から一人離された場所で、食べ物もままならない状態（母は残飯を喰わされているようだと言っていた）の生活であった。健康に全く問題のない母が、どうしてこんな目に遭わねばならないのか。それは、私が末弟を身代わり跡目相続をさせた間違いからであった。

　母は亡くなる一、二年程前に、私に、末弟について、「あれは岡田の跡取りではない。嫁の家の婿養子だよ」とはっきりと言った。こんなにはっきりと弟夫婦について自分の考えを言ったのは初めてであった。それは、母自身が、自分の失敗をはっきりと認めた瞬間でもあった。それ以前に、私は母に末弟の見合いについて、そのやり方が少しズサンだった事を言った時、母は黙って私の話を聞いていたが、突然、「お前が悪い」と強く、ひと言発した。私はその瞬間、言葉が詰まった。後で、じっと考えて、母が言いたかった事は、跡継ぎは私がやるべきだった、という暗黙の抗議だったのである。結局、母も私も弟夫婦は失敗作と認め合ったのである。

亡くなる三ヵ月前に母に会いに行った時、突然、「お前の所に行く」と言うので、「それでは、弟に連絡しなければ駄目だよ」と言う事で弟の所へ、老人ホームの電話で掛けた。然し、母は電話口で、弟の女房になかなか言い出せず、「また電話する」と言って切った。母は、もう自分からは弟夫婦には何も言えない程に弱くなっていたのだった。

大分前に、母に、私の所に来るようにと、三男の弟と二人で言った時に、チラッと、「岡田の墓に入れて呉れないかも知れない」と言ったのを思い出し、母はそれが心配で弟夫婦の家から出られなかった、という事が、あとで解った。だから、「お前の所へ行く」と決断した事は、この苦しく、寂しい状態の老人ホーム生活には耐えられない、という切迫した気持ちから出たのだろう。母の心が折れているな、とその時に感じ、早く引き取ろうと思っていたが、その後、母の所へ行く機会がなく、と言うよりも、そう思いながら、そんなにすぐに母が死ぬような事はない、という自分勝手な考え方が働いていた。普段、偉そうな事を言っている私が、相手の身になって考えていなかった。

　老人という者は、或いは、弱い立場にある者は、なかなか、自分の意志を表に出さない。こちらから先回りをして、それに対応し、代弁してやるだけの心配りをしてやらなければならない。私は、母の事で、この事が身に詰まされる程に深く、意識するようになった。然し、あとの祭りである。

　それでも心配で、二ヵ月後に取り敢えず手紙を出し、母を引き取る事、弟には私が母の目の前で直接言うから心配は要らない、と書いてやった。

　それから一ヵ月後、私は母の所を訪ねた。老人ホームの係りが、開口一番、「御愁傷様です」と言うので、「え?」と一瞬、訳が解らず「誰かの間違いでは?」と問い返すと、慌てて別の人が出て来て「どうぞ上ってください」と言う。話に依ると、母は足に怪我をして、そこに黴菌が入り、亡くなった、と言う。私は思わず、「あんな食事では栄養失調にもなる」と叫んでしまった。担当者は「岡田さんから来た手紙を読んで、いつまでも、じっと持っていました」と言った。母が、どんなにか私を待ち侘びていたのか。その時、普段は偉そうに、「相手の身になって」と言っていた自分の如何に軽率で、相手の身になって考えていないかを、イヤという程に味わった。だから未だに弟夫婦を責めるより、自分が、救えた母を救わなかった、という自責の念が強いのである。その時は、あの東日本大震災の翌年の一月であった。母は、その年の十月に九十六歳になる筈であった。辰歳である。

この体験から、私は人間は長く生きる事だけが良い訳ではない、と悟った。表面的には、「長生きで良かったね」となるのだが、長寿は勿論良い。然し、どのような状態で死ぬかはもっと重要で、母は、心ならずも、老人ホームに入れられた一年何ヵ月は、最も苦しい、寂しい時であったろうと思う。九十歳を過ぎてから、生きる苦しみをしなければならないなどとは誰も想像はすまい。亡くなって約十年が過ぎた現在、私は暇があれば母の無念に心を痛め、寝ても覚めても、先ず、この事が心に重くのしかかっている。

こんな事は現代の日本だからこそ、ある話である。徳川時代であったなら、私の家の家格であったなら、まず、あり得ないか、例外に等しい話である。

徳川家康は、天下平定を成し遂げた後、林羅山を登用し、幕藩体制のイデオロギー的支柱とした（幕藩外交と開国＝加藤裕三著）。羅山は支那の朱子学（新儒教）を中心に、神道と併用した。これによって、日本は神仏融合的は考え方が成立したのである。

私の家（旧実家）には、立派な仏壇と神棚が造り付けてあった。母は仏壇には毎朝お線香を焚き、水と御飯を絶やさなかった。神棚には節目、節目に榊と水、御飯を捧げていた。

　儒教に依れば、先ずは「親に孝」であるが、羅山は、人間の感情を『心理』として強調し、親子間の『孝』より、組織への忠義である『忠』を重視した（同前＝加藤裕三著）。現代日本は、大方、徳川時代の考え方や習慣、風俗から成っている。徳富蘇峰という人は、それより更に古い織田信長時代にまで遡っているようであるが、いずれにせよ、この日本の風俗は、西欧キリスト教的文化にかなり浸蝕されて、私の母の身の上に、本来の日本であったらば、有り得ない運命を与えた。

　結婚は、余りに違った環境や家族の者同士がするのは、それぞれの家庭や子孫に、余り良くない結果を齎す。

　母の生前、私は或る夢の話をした事があった。それは、夢の中で、遠くの方に真っ黒な雲が浮かんでいて、その下に豪雨が降っていた。ふと、手前の方を見ると、私の実家がある。「あの雲が家の方に来なければいいな」と思っている内に、その黒雲の固まりは、どんどん実家の方に近づき、遂に実家の上を通りすぎて行った。通り過ぎた後に実家は無かった。

　この話を母はじっと下を向いて聞いていた。その時、母は既に知っていたのであろう。母が亡くなってから、何かの折に、三男の仕事の関係で謄本を取った所、実家は売却されていた。本人達はその場所に住んでいたので、居抜きで売却したのであろう。この時も、私は本当に驚いて、これで岡田家は霧散した、と悟った。当然、彼の女房が仕出かした事であろうが、末弟が以前、まだ母が健在の時に他の兄弟と勝手に絶縁したのには、そういう事も関連していたのかも知れない。当時、母は、末弟が岡田の人間とは縁を切る、と言うような事を言っていた、と聞いていた。母の「あれは岡田の跡取りではない。向こうの婿養子だ」と言ったのは、これを踏まえて言ったのであろう。

然し乍ら、この頃の私は、両親から教えられた日本の伝統的な考え方が一層強くなり、もう一度、自分の生きている間に、岡田一族の寄り所となる「お家再建」を実現する覚悟でいる。その意志を支えているものは、中学時代、私を指導してくれた、あの辻村さんのお陰なのである、辻村さんが私に与えて呉れた「自信」は揺るぎなきものである。

母の死を老人ホームで聞いて、私はすぐに岡田家の菩提寺へ行き、亡き先代御住職の奥方に会った。奥方の話では、母は既にお骨になって居り、葬式は出来ないとの事。そして、弟夫婦は、戒名も送別儀式も、兎に角、安く、安くと言っているとの事なので、私は、「母の戒名は父と同格でなければ駄目だ」と話し、お寺の奥方も、末弟に私の意向を伝える、と言う事になったのだが、その時、奥方が、「この際、お墓の管理を交代するように言ってみます」と私が考えてもいなかった事を口にした。これは、恐らく、母から生前に、家の細かな事情を聞かされているな、と直観した。母は、私に言えない事を先代御住職の奥方には話していたのではないかと思う。

然し、「親に孝」と言う、こんな大切な日本の文化も、ここまで廃れてしまっているのか、と思うと、本当に残念でならない。「流れ者」を相手に持つと、伝統ある岡田家も、ここまで成り下がるのか、という思いであった。だが、母の不幸は全て、末弟の責任である。彼の見識の無さ、教養と知性の無さ、人生で何も学んでいない事が、こういう結果になった。

私が「有識者」、「学者」に対して、その業績と人間とを区別しているのは、この経験に依る。それだけではない。本を著わす人間全てにも言える事である。著書と著者とは別の人格だと思っている。著者は生身の人格、著作は、その「著作」者の人格があり、別物である。

(19)

私は今迄の歴史の勉強を通じて、世界で一番優秀な民族は日本人である、と確信している。

イギリスは西欧の端の離れ小島の国である。日本はアジアの東の端の離れ小島の国。同じような地理的環境にある。イギリスが、アングロ・サクソンが世界の最も優秀な民族である、と言うのには、当然根拠がある。十八、九世紀はイギリスが世界を支配した。そして、二十世紀は、その後継のアメリカが支配した。そうした実績から見ればアングロ・サクソンが優秀民族と主張するのは一理ある。だが、それを上回るのが日本民族である。現在はアメリカの尻っ尾にくっついているが、実は日本がアメリカから心身共に一人立ちすれば、日本が世界で最も優秀な民族である事が解る。

私が近現代史を集中的に勉強しようと思ったのは、現代の日本の政治家（議員と言うべきか）が、余りにも腰抜けが多いのに腹が立ったからである。そこで、その原因がどこにあるのか突き止めようと思い、遡って幕末、維新に辿り着いた。

さて、アングロ・サクソン人の優秀性については、その出発点は西欧の小さな国々が沢山ある中で、年がら年中、人殺し（戦争）に明け暮れていた所から紐解けばよく解る。人殺しの道具の性能の良い物を開発した国が、他国を制する。西欧はこの繰り返しで技術を発展させて来た。然し、人殺しの道具が改善されれば、その分、国は乱れて行く。そこで規制（法律）を作る。このように武器技術と法との相互作用によって発展して来た結果、離れ小島のイギリスが世界の支配権を握った。

要するに、彼等の社会、文化は、人殺し、戦争、諍いの上に発展して来ているので、弱い国を見れば「遅れている」と判断する。

一方、アジアに目を向けて、日本はイギリス同様に当初は大陸支那の文化、技術を輸入していたが、西欧に比べて、戦争をする機会が少なく、比較的平和な中で、社会、文化を発展させて来た。そして、帝国主義時代の西欧が乱入して来た時には、武力は弱いが社会文化は世界で最も高く発展をしていた。即ち民族としては日本民族はアングロ・サクソンの民族よりも高度な文化を維持していた。

現代でも、いまだに戦争や紛争の主たる場面では西欧の国々が中心に行なわれている。これは、彼等が中国を始めとした東アジアの民族よりも劣っている事の表われである。

私の一族は、弟の代で一旦雲散霧消してしまったが、責任は私にある。家系を結束、維持させるには名実共に徳のある、そして望むらくは能力のある者を据えるのが理想的である。特に徳のある者を据えなければ成り立たないのが現代の日本社会である。

徳川時代であれば、当主が多少能力がなくても、周囲が放っておかない。そういう社会環境が整っていた。現代日本は、そのような社会ではない。

私の弟も、いつの間にか女房に染まって、周囲に嘘をつく事で、身の保全を計るようになってしまった。彼も、ずっと以前から後継ぎになると決めてあったら、きっと両親も、そのような教育をしただろうと思う。

私は自分の失敗に鑑みて、私の息子には早くから、そのような教育をして来たつもりである。もう一度、新しい岡田家一族の結束の寄り所を作る為に、まだまだ私は働かなければならない。私が比較的健康であるのは、私に先祖、両親が、自分の失敗を償え、と言っているのと同じである。

母の葬式は出来ないので、兄と私と三男及びその家族、親戚で、母の御霊送りをした。

身を粉にして家の為、家族の為に尽くした母は、まさか自分の子供に裏切られるとは思ってもみなかったであろうし、又、そんな教育を子供にして来なかった。その逆の教育をして来たのに、と思っているに違いない。

　振り返ってみれば、私の子供の頃は、正月、お盆といえば家に二、三十人は集まったのに、今や末弟の家には岡田の人間が誰も寄り付かない。時代の流れとは言え、岡田家の財産と自分が入る墓の管理の名義だけは手離さず、血筋と一族は手離す、というのは、正常な感覚とは思えない。然し、今や都会では「本家」という言葉すら死語になりつつある。日本の風俗、習慣は一体、どこに行ってしまうのだろうか。私の家のこの出来事は、現在の日本の家族問題に様々な問題を投げ掛けているように思えてならない。

あとがき

今年は母の十三回忌。一月にその法要を私と三男の弟及び子供達と行なった。まだ、一族の大多数が参加するところまでは来ていないが、私はいずれ一族の大多数が参集するようにしていくつもりである。

これは、先祖を想う気持ちと生きている者たちが、その先祖と繋がっているという事を理解してもらう為と同時に、今後厳しくなっていくであろう現実生活に、一族が互いに助け合うことが出来るようになって欲しい、という願いが込められている。

先祖供養は所詮、生きている者の自己満足に過ぎない事ではあるが、葬式にせよ何にせよ、死者に対する敬意は、生きている者の自己満足に過ぎない事は解っているが、然し、逆に、先祖に対して敬意を表さない、という事は生きている者が徳を積まない事であり、人間修養を積まない事である。

母の立場になってみれば、九十五歳迄、家の為、子供の為に生きてきて、最後の二、三年を離れた事のない生まれた土地から引き離されて、あちこちに回され、挙句の果てに、遠い千葉の山の中の老人ホームで家族、一族との繋がりを遮断されて死ぬことになるとは思ってもいなかったに違いない。

　私は世間一般の言うように、長生きが何でも良いとは思わない。短い人生でも長い人生でも、死ぬ間際の生き様のほうがはるかに重要だ、という事を母の死に際を見て心底思うのである。

　我が家の菩提寺の先代の御住職の奥方は、私の母から生前にいろいろと心の苦痛を聞いていたと想像するが、勿論、奥方は一切、自分の胸に納めて何も言わない。然し、墓の管理を弟から私に代わるように、と弟に意見をするという事は、母の望みを代弁している証である。

　昨年、先祖供養をした折り、たまたま、お寺の本堂の端に、肖像画が掛けてあるのが目に留まり、現在の御住職に「あれは誰ですか」と聞いたところ、「この人は岡田岩蔵さんです」と言う。私は思わずじっと見て、これが彼の暴れん坊の岩蔵さんか、と想いを馳せた。

　この岩蔵さんは私の曽祖父の兄で、五十歳まで地元のヤクザのような事をやっていたが、自分の不行跡では家の跡継ぎが出来ない事は解っていたので、弟である私の曽祖父に家督を譲り、代わりに岡田家の財産の半分を持って魚の事業を始めたのである。

それが大成功で、最終的には横浜の現在の中央市場の創立者となった。話と違い、その面影は優しく、目付きなどは私の祖父とそっくりであった。御住職の話では、この岩蔵さんは、この寺が全壊した時（恐らく関東大震災であろう）、現在で言えば億単位の寄進をして呉れて現在の寺を再建したそうである。初めて聞く話であった。母は私にはその話をしなかったので、そこまでは知らなかったのかもしれない。

因みに、現在の御住職は、慶應義塾大学の医学部を出られて精神医学の仕事をされながら住職をされており、つい最近もＮＨＫテレビの教育番組の精神修養の講座に出られていたのを拝見した。医業と仏業を兼務されるとは誠に頼もしい限りである。然し、この話で、私は一層、菩提寺と岡田家が並々ならぬ関係にある事が解り、想いを新たにした次第である。

ちょっとした縁が案外と深いものになるとは、こういう事かもしれない。物事をよく知ろうとする事は予想外の収穫があるものである。これも母のお陰であろう。

二〇二四年三月

著者プロフィール

岡田 奉彦（おかだ ともひこ）

昭和19年生まれ。
神奈川県出身。
日本大学卒業。
埼玉県在住。
著書『尊敬する我が父の思い出―家族の姿を考える―』（2020年、文芸社）

滅び逝く日本の風俗の中で
―敬愛する我が母の面影を追って―

2024年６月15日　初版第１刷発行

著　者　岡田 奉彦
発行者　瓜谷 綱延
発行所　株式会社文芸社
〒160-0022　東京都新宿区新宿1－10－1
電話　03-5369-3060（代表）
03-5369-2299（販売）

印　刷　株式会社文芸社
製本所　株式会社MOTOMURA

ISBN978-4-286-25440-1